조선후기 통신사 필담창화집 번역총서 2

和韓唱酬集 首

화한창수집 수

조선후기 통신사 필담창화집 번역총서 2

和韓唱酬集 首

화한창수집 수

구지현 역주

보고사

이 역서는 2008년도 정부재원(교육과학기술부 학술연구조성사업비)으로 한국연구재단의 지원을 받아 연구되었음(KRF-2008-322-A00073)

이 번역총서는 2012년도 연세대학교 정책연구비(2012-1-0332) 지원을 받아 편집되었음.

차례

일러두기

1. 통신사 필담창화집 번역총서는 제1차 사행(1607)부터 제12차 사행(1811) 까지, 시대순으로 편집하였다.

2. 각권은 번역문, 원문, 영인자료의 순서로 편집하였다.

3. 300페이지 내외의 분량을 한 권으로 편집하였으며, 분량이 적은 필담 창화집은 두 권을 합해서 편집하고, 방대한 분량의 필담창화집은 권을 나누어 편집하였다.

4. 번역문에서 일본 인명과 지명은 한국 한자음 그대로 표기하고, 처음 나오는 부분의 각주에 일본어 발음을 표기하였다. 그러나 번역자의 견 해에 따라 본문에서 일본어 발음대로 표기를 한 경우도 있다.

5. 번역문에서 책명은 『 』, 작품명은 「 」으로 표기하였다.

6. 원문은 표점 입력하였는데, 번역자의 의견에 따라 표기하는 것을 원칙 으로 하였지만, 가능하면 한국고전번역원에서 정한 지침을 권장하였 다. 이 경우에는 인명, 지명, 국명 같은 고유명사에 밑줄을 그어 독자 들이 읽기 쉽게 하였다.

7. 각권은 1차 번역자의 이름으로 출판되었는데, 최종연구성과물에 책임 연구원과 공동연구원의 이름이 반드시 들어가야 한다는 한국연구재단 의 원칙에 따라 최종 교열책임자의 이름으로 출판되는 책도 있다.

8. 제1차 통신사부터 제12차 통신사에 이르기까지 필담 창화의 특성이 달라지므로, 각 시기 필담 창화의 특성을 밝힌 논문을 대표적인 필담 창화집 뒤에 편집하였다.

화한창수집 수

和韓唱酬集 首

거질의 필담창화집 출현
『화한창수집(和韓唱酬集)』

본래 일본은 무사가 중심인 사회였기 때문에, 한문은 교양을 갖춘 승려처럼 특수한 계층에서나 할 수 있는 것이었고 외교 업무도 승려들이 관장하였다. 그런데 에도막부가 들어서면서 처음으로 승려가 아니면서 막부에 고용되어 한문을 담당하는 인물이 등장했다. 그가 바로 하야시 라잔[林羅山, 1583~1657]이다. 라잔의 문집에는 사명당(四溟堂, 1544~1610)을 필두로 사행이 있을 때마다 나눈 필담이 실려 있다. 그가 상대했던 사행원은 주로 독축관(讀祝官), 이문학관(吏文學官) 등의 관함을 띠고 있었다. 라잔이 죽은 후에도 자손들이 대를 이어 막부의 외교문서를 다루었다.

그러다가 1682년 제7차 사행에 이르러 양국 문사의 교류에 새로운 국면이 전개되었다. 기본적인 임무는 에도 막부 5대 쇼군인 도쿠가와 쓰나요시[德川綱吉]의 즉위를 축하하고 국서를 전달하는 것이었지만, 양국인 사이에서 부수적으로 문화교류가 활발하게 이루어졌다. 그 대표적인 현상으로 "제술관(製述官)"이라는 직임이 새로 설치되어 파견된 것을 들 수 있다. 제술관은 사행원 내부의 필요가 아니라 일본인들의 문사 욕구에 부응해서 특별히 파견된 사행원이었다.

　전국시대(戰國時代)를 거치고 평화의 시대를 맞이했던 에도 막부는
초닌[町人] 문화의 발전을 통해 일반 서민들도 교양을 갖추어 나갔다.
통신사의 회수가 거듭될수록 조선인의 글을 받고 싶어 하는 일본인이
점점 늘어났다. 그러다가 1682년에 이르면, 통역을 통해 글을 부탁하
는 수준이 아니라 직접 스스로 한문으로 얘기를 나눌 수 있는 일본의
문사들이 대거 등장하게 된다. 가는 지역마다 유자(儒者)들이 있어서
조선의 문사들을 만나 필담과 시를 주고받고 싶어 했다. 호행(護行)을
담당한 쓰시마 사람들, 특히 한문을 담당하는 진문역(眞文役)은 이들
을 통제하고 중개하였다. 1682년에 국격을 지키고 조선 사절을 배려
하기 위해, 함부로 일본인이 조선인에게 접근하지 못하도록 막부로부
터 엄중한 명이 내려왔고, 나눈 필담은 모두 기록해서 보고하도록 했
기 때문이다.

　활발한 교류의 결과, 1682년 조선인과 나눈 시와 필담을 대대적으
로 수집하고 편집해서 간행한 일이 처음 시도되었다. 그 결과물이 바
로 『화한창수집(和韓唱酬集)』이다. 교토의 한 서점인 정자옥(丁子屋)에
서 필담기록을 전국적으로 수집하여 7책으로 편찬해 이듬해인 1683년
에 출간한 것이다. 창화시 및 필담을 실은 일본인과 상대한 조선인의
성명은 다음과 같다.

권수	지역	일본인	조선인
首	교토	祖辰	윤지완[尹趾完, 정사], 이언강[李彦綱, 부사], 박경후[朴慶後, 종사관], 성완[成琬, 제술관], 홍세태[洪世泰, 자제군관]
		高伯順	이담령[李聃齡, 부사서기]
		松下見林	홍세태

首	에도	林鵝峰	성완, 이담령, 홍세태
		林整宇	윤지완, 이언강, 박경후, 성완, 이담령, 홍세태
		南春庵	성완, 이담령, 홍세태
		坂井漸軒	성완, 이담령, 홍세태
		林整宇	윤지완, 이언강, 박경후, 성완, 이담령, 홍세태
		山田復軒	성완, 이담령, 홍세태
	요도[淀]	長岡元甫	성완, 홍세태
		長岡山立	성완, 홍세태
一之一	오사카	山本洞雲	성완
		福住道佑	성완
	교토	熊谷了庵	성완, 이담령, 홍세태
		顯靈	윤지완, 이언강, 박경후, 성완
		堀蒙窩	성완, 홍세태
		黑川義齋	성완, 홍세태
		谷川榮元	성완
		橋本益亭	성완, 이담령,
		三宅誠齋	성완, 홍세태
		玄機	성완, 이담령, 홍세태
		玄緣	성완, 이담령, 홍세태
		竺靈	박경후, 성완, 이담령, 홍세태, 이삼석[李三錫, 소동]
	에도	木下順庵	성완, 이담령, 홍세태
一之二	오사카	三宅遜宇	성완, 홍세태
		三宅淑愼	성완, 이담령, 홍세태, 정두준[鄭斗俊, 양의]
		淺野梅隱	성완, 홍세태
		舟木近信	성완, 홍세태
		養朴	홍세태
	교토	原田順宣	성완
		木下菊潭	성완, 이담령, 홍세태
		靑木東庵	성완, 이담령, 홍세태
	우시마도(牛窓)	小原正義	성완
	교토	覺印	성완
		向井滄洲	성완, 이담령, 홍세태
		星野富春	성완, 이담령, 홍세태
		田村三恕	이담령

二之一	교토, 에도	柳川震澤	성완, 이담령, 홍세태, 정두준,
二之二			안신휘[安愼徽], 상통사
三			
四	에도	板坂晚節齋	성완, 이담령, 홍세태, 안신휘

위의 표에서 보듯 특별한 경우를 제외하고는 주로 제술관 성완, 부사 서기 이담령, 자제군관 홍세태가 일본 문사를 상대하였다. 비록 일본 문사 교류를 전담시키기 위해 제술관을 파견했지만, 혼자서 많은 문사를 상대하기에는 벅찼다. 서기 이담령이 성완과 함께 하였고, 우연히 자제군관으로 오기는 했지만 문장 능력이 출중했던 홍세태가 적극적으로 참여하였다. 이외에 글씨를 잘 썼던 역관 안신휘, 의원 정두준도 일본 문사들과 종종 필담을 나누었다.

일본 문사는 총 39인이다. 그 가운데 전통적인 한문학 담당층이었던 승려들이 있다. 오사카에서 맞이하여 에도까지 안내하는 호행장로 조진(祖辰)처럼 조선 문사와 접할 기회가 많은 사람은 그만큼 창수시도 많이 남겼다. 에도에서 만난 일본 문사들에는 라잔의 손자인 하야시 세이우[林整宇]와 제자인 히토미 가쿠잔[人見鶴山]처럼 막부의 유관(儒官)이 있고, 주군을 따라 에도의 번저(藩邸)에 온 각 번의 유관들이 있었다. 이런 유관들은 주로 교토의 학자들에서 학맥을 형성했던 경학파(京學派)가 많았다. 대표적으로 기노시타 준안[木下順庵]과 같은 거유(巨儒)를 들 수 있는데, 그의 제자들 가운데는 번이나 막부에 고용되지 않고 민간에서 경서와 시를 가리키는 학자도 있었다. 대표적으로 야나가와 신타쿠[柳川震澤]을 들 수 있는데, 그의 뛰어난 문장력을 인정한 성완 등과 많은 필담을 나누었다. 『화한창수집』 7책 가운데

3책이 그의 글로 채워져 있다.

당시 출판문화가 한창 발달하고 있던 일본에서 이처럼 필담창화가 상업적으로 출판되었다는 것은 그 인기가 어느 정도였는지 가늠케 한다. 이 필담창화집은 일본인만 읽었던 것이 아니다. 1719년 서기로 일본에 갔던 성몽량(成夢良)은 오사카에 도착해서 "임술사화집(壬戌使華集)"을 구하여 보았다. 백부 성완이 1682년 일본에 와서 남긴 글을 구해서 돌아가고 싶었기 때문이다. 성몽량과 함께 책을 본 신유한(申維翰)은 『해유록(海游錄)』에 이 "임술사화집(壬戌使華集)"에는 시편과 필담이 상세히 기록되어 있고 특히 야나가와 신타쿠의 글이 뛰어났다고 기록하였다. 이 임술사화집은 정황상 바로 『화한창수집』을 가리키는 것이라고밖에 볼 수 없다. 조선 문사들도 이렇게 간행된 필담창화집을 구해서 돌아갔던 것이다.

『화한창수집』의 가장 큰 의의는 이후로 전국적인 필담창화를 모두 갖추어 출간하는 필담창화집의 전형을 마련했다는 것이다.

『화한창수집(和韓唱酬集)』은 목판본(木板本) 7冊으로, 四周單邊 半郭 20.3×14.0cm 10行15字, 黑口, 無魚尾, 27.1×18.0cm로, 간기는 "天和三癸亥歲(1683)正月吉旦丁子屋源兵衛梓行"라고 되어 있다. 현재 국립중앙도서관, 일본공문서관(日本公文書館), 동경도립도서관(東京道立圖書館), 텐리대학도서관(天理大學圖書館) 등에 소장되어 있는 것이 파악되었는데, 결본 등이 있는 경우도 있지만 같은 간본들이다. 이 책에서는 전권이 갖추어져 있는 국립중앙도서관 소장본을 선본으로 사용하였다.

화한창수집(和韓唱酬集) 수(首)

목록(目錄)

상국사(相國寺)

현령(顯靈)　영장로(靈長老)

경(京)

몽와(蒙窩)　굴정박(堀正朴)/　**의재**(義齋)　흑천현달(黑川玄達)/　**영원**(榮元)　곡천씨
(谷川氏)/　**익정**(益亭)　교본원장(橋本元長)/　**성재**(誠齋)　삼택견서(三宅堅恕)

상국사(相國寺)

현기(玄機)　대방(大方)/　**현연**(玄緣)　별종(別宗)

경(京)

축령(竺嶺)

강호(江戶)

정간(貞幹)　목하순암(木下順菴)

대판(大坂)

손우(遜宇)　삼택원효(三宅元孝)/　**숙신**(淑愼)　삼택도달(三宅道達)/　**매은**(梅隱)　천
야신오랑(淺野新五郞)/　**근신**(近信)　주목입경(舟木立敬)/　**양박**(養朴)

경(京)

순선(順宣)　원전씨(原田氏)/　**국담**(菊潭)　목하인량(木下寅亮)/　**동암**(東庵)　청목씨
(靑木氏)

비전(備前)

정의(正義)　소원선조(小原善助)

대덕사(大德寺)

각인(覺印)　의체(義諦)

경(京)

창주(滄洲)　향정소삼차(向井小三次)/　**부춘**(富春)　성야응규(星野應奎)/　**삼서**(三

恕) 전촌씨(田村氏)/ **진택**(震澤) 유천순강(柳川順剛)

강호(江戶)

만절재(晚節齋) 판판위독(板坂爲篤)

목록 끝.

○천화(天和) 2년 임술(1682) 7월 18일, 먼저 대판에 이르러 세 사신이 오는 것을 기다렸다. 같은 달 26일, 세 사신의 배가 해안에 도착하여, 다음 날 27일 대청(大廳)에 갔다. 처음에 세 사신과 모여 천팔(川八)[1] 1장, 절구(絕句) 3편을 드렸다. [天和二年壬戌七月十八日先到于大坂待三使來同二十六日三官使船著岸翌日二十七日到于大廳初會于三使呈川八一章絕句三篇]

동복사(東福寺) 조진(祖辰)[2]

난파(難波)[3]의 나루에서 오래도록 기다리다	難波津上企望久
맑은 모습 한번 뵈니 무척이나 위로 되네	一見淸容甚慰情
꼬리를 문 천 척 배가 바다 끝을 넘어서	含尾千艘淩海角

---

1 천팔(川八) : 미상이다. 문맥상 율시(律詩)를 이르는 것으로 추정된다.

2 동복사(東福寺) 조진(祖辰) : 생애는 미상이다. 1673년 6월부터 1675년 4월까지, 1679년 5월부터 1681년 6월까지 이정암(以酊庵)에 파견되었던 윤번승(輪番僧)이다. 1682년 통신사의 호행을 담당했다.

3 난파(難波) : 일본음은 나니와이다. 현재 오사카시[大阪市] 중앙구(中央區) 남부부터 낭속구(浪速區) 북동부 일대에 걸쳐있던 지역의 옛 지명이다. 같은 소리의 낭속(浪速), 낭화(浪花)로도 표기하였다.

붐비는 가마 행차 강호 성을 향하네　　　　　摩肩高駕向江城
깃발이 물 비추니 용과 뱀이 꿈틀대고　　　　旗旄映水龍蛇動
피리소리 구름 뚫어 난새 봉새 우는 듯　　　　笙笛徹雲鸞鳳鳴
우호를 귀히 여겨 사절을 통하니　　　　　　珍重善隣通使節
좋은 시절 다시 한 번 금의환향 있으리　　　佳期更有錦旋榮

○ 정사[4]께[正使]

옥홀 들고 만 리 길 소식을 통하여　　　　執圭萬里信音通
명 받든 이 앙모하니 세우는 공 으뜸일세　　榮奉瞻望第一功
이로부터 사행길 남은 더위 잊으리니　　　自是公程忘殘暑
두 나라 안정되어 어진 바람 불 테니까　　兩邦淸靖扇仁風

○ 부사[5]께[副使]

길한 바람 호송하여 비단 돛이 펼쳐지고　　祥飆護送錦帆開
옥절이 빛을 뿜어 하늘 밖에 도착했네　　玉節搖光天外來

4　정사 : 윤지완(尹趾完, 1635~1718)으로, 본관은 파평(坡平), 자는 숙린(叔麟), 호는
　　동산(東山)이다. 1662년 문과에 급제하였고, 경상도 관찰사·함경도 관찰사 등을 역임하
　　였다. 1682년 통신사 정사로 일본에 파견되었다. 시호는 충정(忠正)이다.
5　부사 : 이언강(李彦綱, 1648~1716)으로, 본관은 전주(全州), 자는 계심(季心), 호는
　　노호(鷺湖)이다. 1678년 문과에 급제하였고, 사헌부 지평·홍문관 수찬·교리 등이 청요
　　직을 두루 거쳤다. 1682년 통신사 부사로 일본에 다녀왔다.

〈황황자화(皇皇者華)〉[6] 부르던 잔치와 뭐 다르랴   何異皇華使臣燕
나 또한 기쁘게 따라서 뫼셨다네   瓊筵我亦喜追陪

○종사[7]께[從事]

멀리부터 공무 좇아 큰 바다 건넜는데   遠從公事渡滄溟
더구나 동쪽 관문 크고 작은 역정이랴   況又東關長短亭
나그네 길 고생을 싫어하지 마시게나   客路艱難君勿厭
원래부터 중요한 일 인재에게 맡긴다오   由來重寄屬英靈

○화답[和]

정사(正使)

낭화(浪花)의 물가에 채익선 함께 대니   彩舟同艤浪花渚
뛰어난 풍광이 나그네 맘 위로하네   勝地風光慰客情
수만 겹 가을 산이 사원을 둘러싸고   萬疊秋山圍淨界

---

6 〈황황자화(皇皇者華)〉: 《시경》의 편명으로, 임금이 사신을 보낼 때 부른 노래이다.
《서(序)》에 "예악으로서 전송하니 멀리 가서 영광이 있음을 말한 것이다.[送之以禮樂,
言遠而有光華也.]"라고 하였다.

7 종사 : 박경후(朴慶後, 1644~?)로, 본관은 함양(咸陽), 자는 휴경(休卿), 호는 취옹(醉
翁)·만오(晚悟)·죽암(竹庵)이다. 1675년 문과에 급제하였고, 승정원주서·홍문관수
찬·사간원정언 등 삼사(三司)의 요직을 두루 거쳤다. 1682년 통신사 종사관으로 일본에
파견되었다.

수천 겹 깊은 바다 층층 성(城)을 안고 있네　千重瀛海抱層城
구슬 궁전 맑은 밤에 좋은 만남 이루는데　琳宮淸夜成良晤
아름다운 스님의 시 가장 울림 좋구나　禪月佳篇最善鳴
평생의 장관을 이제부터 다 볼테니　自是生平窮壯觀
곳곳마다 사신의 영광을 알리라　卽知隨處使華榮

같음[同]

같음

재주 별난 금총(琴聰)[8]이 도를 만나 통해서　才別琴聰遇道通
한묵(翰墨)까지 갖췄으니 진실로 공이 많네　周旋翰墨信多功
서하(西河)에서 옥 닦는 일[9] 내 어찌 감당하랴　西河拭玉吾何敢
민요를 채록하여 국풍(國風)에 실을 뿐　惟採民謠載國風

---

8 금총(琴聰) : 소식(蘇軾)이 교유하던 승려가 여럿 있었는데, 그 가운데 거문고를 잘 탔던 혜총(惠聰)을 가리킨다. 《珊瑚鉤詩話》
9 서하(西河)에서 옥 닦는 일 : 사신 나가는 일을 가리킨다. 유신(庾信)의 「애강남부(哀江南賦)」에 "강·한의 군주에게 병법을 논하고 서하의 주인에게 옥을 닦았네.[論兵于江漢之君, 拭玉于西河之主。]"라는 구절에서 인용한 것이다.

같음[同]

부사(副使)

산 넘고 물 건너 만 리 먼 길 떠나오니	跋涉長途萬里行
산천만이 먼 여행길 심정을 위로하네	山川聊慰遠游情
사신 탄 배 은하수를 곧바로 건넌 다음	仙槎直渡銀河水
사신 부절 처음으로 멈춘 곳은 대판성	使節初停大坂城
나그네길 오래 된 내 모습 가련하고	憐我形容爲客久
시로써 울리는 그대 재주 부럽네	美君才調以詩鳴
이웃 나라와의 우호 천년을 기약하니	鄰邦友好期千祀
단에 올린 폐백과 영광이 함께 하길	玉帛登壇與有榮

○같음[同]

같음

반가운 눈동자 조사(祖師) 향해 크게 뜨니	青眸爲向祖師開
나 맞으러 부지런히 먼 길을 와주셨네	迎我辛勤遠道來
경개(傾蓋)[10]의 땅에서 손님 주인 예 차리고	賓主禮成傾蓋地
한 바탕 담소에 서로 친구 허락했네	一場談笑許相陪

---

10 경개(傾蓋) : 우연히 잠깐 만났어도 깊이 사귐을 가리킨다. 공자가 담(郯)에 갔을 때 길에서 정자(程子)를 만났는데 일산을 기울여가며[傾蓋] 해가 질 때까지 얘기하며 매우 서로 친하였다고 한다.《孔子家語 卷8 致思》

○같음[同]

종사(從事)

사신 행차 곳곳마다 여정이 더뎌지니	征麾隨處滯行程
빈 여관 처량하고 나그네 맘 괴롭구나	虛館悄然惱客情
바다 너머 돌아간 혼 고국에서 헤매고	隔海歸魂迷故國
가을 맞은 나그네 맘 층층 성에 올랐네	逢秋羈思倚層城
언제쯤 기러기는 편지를 전하려나	幾時鴻雁傳書至
긴긴 밤 갈거미는 벽에 걸려 울고 있네	永夜蠨蛸掛壁鳴
고향생각 밀쳐내고 스스로를 위로하니	强遣鄉愁仍自慰
일본 유람하는 것도 임금님 영광일세	遍游桑域亦君榮

○같음[同]

같음(同)

멀리서 배를 타고 층층 바다 건너와	遠隨帆影度層溟
다시 또 수레 타고 역정을 물었네	更駕星軺問驛亭
만 리 길 돌아올 때 험난함이 없으리니	萬里歸來無險阻
이 몸 내내 임금 은택 입었기 때문이지	此身終是荷君靈

○성완 학사에게 드림[贈成琬學士]

조진(祖辰)

오랫동안 사모하며 자주 갈망 하였는데	久懷慕藺渴心頻
다행히 안면 트니 마음 더욱 친근하네	幸得識荊情更親
높은 성적 급제하고 공은 당대 제일이고	名擢高科功盖代
가슴 서린 만 권 책은 드넓기만 하구나	胸蟠萬卷闊無津
다채로운 평론은 정세 바꿀 붓이요	紅評紫論回天筆
금옥 같은 창화 시문 자리의 보배구나	玉應金春席上珍
문장과 풍월의 일 묻으려 하거니와	欲問翰林風月事
어느 때나 귓속의 때 한 번쯤 씻으려나	何時一洗耳根塵

○화답[和]

성완(成琬)[11]

이빈(李頻)[12] 같이 뛰어난 높은 인재 제일 아껴	最愛高才等李頻
겉치레 공경 아닌 마음 벌써 친해졌네	情非貌敬已心親

---

11 성완(成琬) : 1639~?. 본관은 창녕(昌寧), 자는 백규(伯圭), 호는 취허(翠虛)이다. 1666년 진사에 합격하였고, 관직은 찰방에 이르렀다. 1682년 제술관으로서 일본에 다녀왔다.

12 이빈(李頻) : 818~876. 자는 덕신(德新)이다. 당(唐) 나라 시인이다. 어릴 때부터 시서를 읽었고 박람강기하였다. 당 선종(唐宣宗) 때 급제하여 남릉현 주부(南陵縣主簿), 무공현령(武功縣令) 등을 거쳤다. 어릴 때 수창현령(壽昌縣令)이 경물시를 읊자마자 즉석으로 이어서 읊은 고사가 유명하다.

나그네 길 나란히 청주(蜻洲)[13] 땅에 이르러서	客行並到蜻洲境
낭속진(浪速津)[14]에 더불어 비단 닻줄 매었네	錦纜同維浪速津
오하(吳下)의 작품[15] 자주 붓 기세에 놀라니	筆勢屢驚吳下作
던져준 몇 편 시구 손 안의 주옥일세	珠篇幾擲掌中珍
선린(善隣)과 백성 구제 참으로 여사이니	修隣廣濟眞餘事
조계(曹溪)[16] 얻어 탁한 먼지 씻어내고 싶구나	願取曹溪洗濁塵

○ **부사봉[富士峰]** 두 수를 세 사신에게 드림(二首呈三使)

조진(祖辰)

동방의 큰 진산(鎭山) 부자봉(富慈峰)이여	東方巨鎭富慈峰
시객이 태산과 견주어 왔지	詩客從來比岱宗
오늘은 산신령도 뜻이 있는 듯	今日山靈如有意
반점 하나 눈을 남겨 그대 보이네	一斑留雪爲君供

---

13 청주(蜻洲) : 일본을 가리키는 말이다. 잠자리 모양으로 생겼다 해서 생긴 명칭이다.

14 낭속진(浪速津) : 난파(難波)를 가리킨다. 음이 같은 낭속(浪速)으로도 표기하였다.

15 오하(吳下)의 작품 : 무식한 사람이 쓴 시라는 뜻이다. 오하(吳下)는 오나라로, 오나라 여몽(呂蒙)을 가리킨다. 처음에는 무식하여 손권(孫權)이 그에게 "국사를 하려면 학문을 해야 한다."고 충고했는데, 그 후로 열심히 공부하여 학식이 높아져, 노숙(魯肅)이 그의 등을 쓰다듬으면서 "지금은 학식이 해박하여 그 옛날 오하의 여몽이 아니구나."라고 하였다고 한다. 《三國志 卷54 吳書 呂蒙》

16 조계(曹溪) : 중국 광동성(廣東省) 곡강현(曲江縣) 동남쪽 쌍봉산(雙峰山) 아래 있는 강 이름이다. 당(唐) 나라 때 선종(禪宗)의 육조(六祖) 혜능(慧能)이 보림사(寶林寺)를 세우고 불법(佛法)을 크게 일으킨 곳으로 이로 인해 조계종(曹溪宗)이라는 명칭이 생겼다.

○같음[同]

같음

앞머리 드러낸 부사산 앞에	斫額士峯前
정오 즈음 맑은 하늘 보기 좋구나	喜晴近午天
깎아지른 산꼭대기 여름철 없고	絶巓無九夏
쌓인 눈 몇 천 년 지나왔던가	積雪幾千年
높이 솟은 푸른 산이 붉은 해 품고	聳翠銜紅日
빛과 섞여 자줏빛 안개 피우네	和光生紫烟
경렴(景濂)이 부사산 시 지은[17] 이후에	景濂題句後
오늘 또 여러 분이 시를 지었네	今又有羣賢

○화답[和]

정사(正使)

땅서 솟고 하늘에 뜬 만 길 높이 봉우리	地湧浮天萬仭峰
일본 진산 가운데 여기가 제일이네	日東雄鎭此爲宗
금화 태사[18] 일찌감치 품평하여 쓰느라	金華大史曾題品

---

17 경렴(景濂)이 … 지은 : 경렴(景濂)은 명(明) 나라 학사 송렴(宋濂)을 가리킨다. 송렴(宋濂, 1310~1381)의 자는 경렴(景濂), 호는 잠계(潛溪)이다. 그의 시 가운데 〈부일동곡(賦日東曲)〉 10수가 있는데, 그 가운데 부사산(富士山) 절구가 있다. 《羅山文集 卷70 隨筆》

18 금화 태사 : 송렴(宋濂)을 가리킨다. 그는 금화현(金華縣) 출신으로, 저술에 몰두하다

| 풍경 반쯤 나눠놓고 절반을 남겨줬네 | 物色分留一半供 |

○같음[同]

같음

높디높은 커다란 땅덩이 앞에	岌嶢大陸前
웅장한 기세는 창천을 차네	雄勢蹙蒼天
불로초 품은 구름 천년 되었고	護藥雲千古
무더위 쫓는 눈은 만년 되었네	排炎雪萬年
기이한 봉우리 땅에서 솟고	奇峰曾拔地
신비한 굴에서 연기가 나네	神穴或生烟
영원히 부상(扶桑)의 진산이 되어	永鎭扶桑界
수시로 인재를 내놓는다네	時多産儁賢

○같음[同]

부사(副使)

| 연꽃잎 여덟처럼 기이한 봉우리 | 蓮華八葉聳奇峰 |
| 동방의 산 중에서 웅장함이 으뜸이네 | 雄峙東方衆嶽宗 |

가 명나라 초 주원장(朱元璋)의 초빙을 받아 조정에 나아가 주로 문장을 관장하는 벼슬을
하였으며, 《원사(元史)》의 편찬에 참여하였다.

듣자니 쌓인 얼음 여전히 녹지 않아 　　　　　聞積氷猶未解[19]
잘라내 옥호를 만들만 하다는군 　　　　　斫來堪作玉壺供

○같음[同]

같음

앞가릴 것 하나 없는 우뚝 선 기세 　　　　　特立勢無前
솟아올라 다시금 하늘 뚫었네 　　　　　　　嶕嶢更挿天
태사(太史)의 붓에서 이름 나왔고 　　　　　名標太史筆
효황(孝皇)의 시대에 땅이 열렸네[20] 　　　　地拆孝皇年
그늘진 골짝에는 눈이 늘 있고 　　　　　　　陰洞恒留雪
갠 봉우리 갑자기 안개 싸이네 　　　　　　　晴峰乍捲烟
감싸 도는 깨끗하고 맑은 기운에 　　　　　　扶輿淸淑氣
때때로 많은 인재 태어난다네 　　　　　　　　往往産林賢

---

19 원문에 글자가 하나 빠져있다.

20 효황(孝皇)의 …… 열렸네 : 일본의 제 7대 효령천황(孝靈天皇) 때 부사산(富士山)이
　분출했다는 기록이 《부사산봉천간사기(富士本宮淺間社記)》에 전한다.

○같음[同]

종사(從事)

구름 사이 높이 솟은 여덟 연잎 봉우리	峰岏雲間八葉峰
관동의 경치 중에 여기가 으뜸이네	關東形勝此爲宗
바람 안개 만고에 시의 재료 되어서	風烟萬古需詩料
오랫동안 시인의 붓 아래에 바쳐졌네	長向騷人筆下供

○같음[同]

같음

맑게 갠 봉우리 말 앞에 있어	晴峰當馬前
칼과 창이 빈 하늘에 꽂힌 듯하네	劍戟揷空天
일부러 열흘 동안 머물렀는데	特地成旬日
켜켜 쌓인 얼음은 몇 년 되었나	層氷積幾年
기이한 꽃 간신히 꽃술 드러내	奇葩纔吐蘂
진짜 얼굴 안개에 반쯤 숨겼네	眞面半籠烟
과객이 바라보며 낮게 읊으니	過客沈吟望
옛 현인의 멋진 시에 부끄러워라	佳篇愧昔賢

○같음[同]

창랑자(滄浪子)[21]

여덟 개 잎이 열려 백 길 높이 봉우리	八葉開成百丈峰
우뚝하게 높이 솟아 바다 산의 으뜸이네	高標屹作海山宗
구름 안개 아침저녁 기이한 모양내니	雲煙朝暮多奇態
시인의 글 솜씨에 바쳐지기 좋아라	好入騷人筆底供

○같음[同]

같음

갑자기 역정(驛程) 앞에 나타난 것은	突兀驛程前
허공에 가파르게 솟은 봉우리	危峰挿半天
웅장한 기반이 이 땅 차지해	雄盤鎭此地
우뚝하게 솟아난 게 몇 년이었나	崛起在何年
하늘 기운 엉겨서 흰 눈이 되고	顥氣凝成雪
길한 빛이 뿌려져 안개 만드네	祥光散作烟
물색은 갈수록 더욱 많아져	竭來增物色
여러 현인 작품을 지어주었네	題品得諸賢

---

21 창랑자(滄浪子) : 홍세태(洪世泰, 1653~1725)로, 본관은 남양(南陽), 자는 도장(道
長), 호는 창랑(滄浪)·유하(柳下)이다. 1675년 역과에 응시, 한학관에 뽑혀 이문학관에
제수되었다. 1682년 부사의 자제군관으로서 일본에 다녀왔다.

○청견사[淸見寺] 세 사신에게 드림.

이 곳에는 옛날에 청견관(淸見關)이 있었다. 　　　　　　　조진(祖辰)

대열 따라 공무 수행 저버리지 않으니	逐隊隨行不負公
바다 동쪽 강산이 여러 차례 다했네	江山數盡海之東
태평한 세상이라 관문이 열려 있어	太平寰宇無關鎖
청견관 앞으로 활로가 통하네	淸見前頭活路通

○화답[和]

정사(正使)

연사의 높은 이름 원공[22]의 뒤 이었는데	蓮社高名後遠公
큰 바다 동쪽에서 들를 줄 알았으랴?	豈知相過大瀛東
가마 타고 천리 길에 더불어 노니는 곳	肩輿千里同游處
멀리 뵈는 푸른 강물 역로가 통하네	遙望淸河驛路通

　　부사와 종사관은 화답 없이 사양하며, "청견사 행이 바빠서 미처 시를 쓰지 못했으니 돌아올 때 화운해 드리겠습니다."라고 하였다. 말은 이와 같았지만 나중에도 화답시는 없었다.

---

22 원공(遠公) : 진(晉) 나라의 고승 혜원(慧遠). 여산(廬山) 동림사(東林寺)에서 백련사
　(白蓮社)를 결성한 뒤 산문(山門)을 나서지 않고 도중(徒衆)과 정토 수행에 전념하였다.

○ 부사산시[富士山詩] 12운. 태허(太虛),[23] 매산(梅山)[24] 양 동당(東堂)과 소산 조삼(小山朝三)[25] 및 나에게 화답을 구하였다.

종사(從事)

우뚝하게 높은 바다 위에 솟아나	突兀層溟上
감싸 돌며 빼어난 기운 모였네	扶輿秀氣鍾
열흘 동안 안개에 가려있는데	一旬晦烟霧
여덟 잎 봉우리는 부용 꺾은 듯	八葉折芙蓉
우뚝 솟아올랐던 건 고황(高皇)[26]의 시대	崛却高皇世
부사봉(富士峰)이 이름으로 불리게 됐네	仍名富士峰
호위하여 강호의 가림막 되고	護爲江戶蔽
바다와 산 으뜸가는 진산 되었네	鎭作海山宗
험준하여 북두성을 잡을 만하고	峻可捫星斗
울창하여 칼날을 묶어놓은 듯	森如束劍鋒
산부리는 모든 길의 기반이 되고	根盤諸路勢
연못은 온갖 물길 흘러내리네	池瀉百流潨
반쯤에 깎여있어 뿔을 꺾은 듯	半低疑推角

---

23 태허(太虛) : 영장로(靈長老)이다. 1682년 3월부터 1684년 4월까지 이정암(以酊庵)에
윤번승(輪番僧)으로 파견되었다. 1682년 통신사를 호행하였다.

24 매산(梅山) : 대마도 서산사 승려 현상(玄常)을 가리킨다.

25 소산조삼(小山朝三) : 고야마 도모카즈. ?~168. 일본의 유학자이다. 임아봉[하야시
가호, 林鵞峰]의 문하 출신으로, 대마[쓰시마, 對馬] 번에서 벼슬하였다. 1682년 통신사
호행을 담당하였다.

26 고황(高皇) : 일본신화에서 천지개벽 때 고천원[高天原, 다카마가하라]에 출현했다는
신이다. 생성의 힘을 가지고 있어 태양신의 성격도 있다.

가운데 움푹하여 구멍 뚫린 듯	中窪訝穴胸
내려 보니 뭇 산들이 부끄러운 듯	俯臨群嶽耻
높게 눌러 큰 파도 세게 치는 듯	高壓大波洶
절벽의 눈 한여름도 물리쳐왔고	壁雪批三夏
언덕 얼음 겨울 몇 번 쌓여온 건가	崖氷積幾冬
신공(神功)[27]은 우 임금의 치수 피했고	神功逃禹鑿
비첩(秘牒)에는 진나라의 봉호 빠졌네	秘牒闕秦封
『부상지』를 옛날에 살펴봤는데	昔覽扶桑志
조화 자취 지금도 엿볼 수 있네	今窺造化蹤
내 갈 길 촉박한 것 안타까워라	恨余行色迫
시인의 지팡이 못 던졌다네	終未擲吟筇

○화답[和]

조진(祖辰)

부사산이 공을 위해 용모 꾸미니	富士爲公容
맑은 솜씨 특별히 아낌 받았네	淸手殊愛鍾
푸른 삿갓 모양을 본뜨려다가	欲模靑篛笠
옥빛 부용 모양이 되어버렸네	作樣玉芙蓉

27　신공(神功)：《고사기(古史記)》와 《일본서기(日本書紀)》에 나오는 중애천황(仲哀天皇)의 황후로, 《일본서기(日本書紀)》에 따르면 천황과 함께 규슈 지방을 정벌하였고, 천황이 급사한 후 삼한을 정벌한 후 귀국하여 응신천황(應神天皇)을 낳았다고 한다. 그런데 문맥상 초대 천황인 신무(神武)의 오기가 아닌가 의심된다.

솟구처 나와서 천고(千古)를 잇고	湧出傳千古
헌걸찬 기세는 만봉(萬峰) 누르네	魁奇壓萬峰
이름 난 구역을 셀 수 없으나	名區雖無數
이 산만이 그 가운데 으뜸이라네	維岳是其宗
사신이 당나라 율시 지으니	官使題唐律
붓끝은 진나라 칼끝 담근 듯	毫端淬晉鋒
불었다 멈췄다 바람 서늘코	卷舒風凜凜
노래하는 물소리 쉼이 없구나	吟詠水淙淙
그래서 고운 구슬 내려주시니	因賜珠璣麗
비단 같은 마음을 즐겨 보노라	樂看錦繡胸
산신령은 기쁜 낯을 드러내었고	山靈彰喜色
하백은 물결들 흐르게 하네	河伯衆流洶
산기슭은 세 나라에 발을 뻗었고	麓跋扈三國
흰 눈은 겨울처럼 남아있다네	雪留與一冬
올라보면 노(魯) 나라 작은 줄 알고[28]	登臨知魯小
지극한 축하는 화봉(華封)[29] 같구나	至祝擬華封
이 무슨 행운으로 준재 따르나?	何幸從英俊
못난 재주 같이 함이 부끄러울 뿐	襪才愧比蹤
사신 수레 잠시 동안 머무는 곳에	星軺暫停處
박망후[30]의 지팡이 우러러 보네	膽仰博望節

---

28 노(魯) 나라 작은 줄 알고 :《孟子 盡心上》

29 화봉(華封) : 화(華)라고 하는 땅의 봉인(封人)이 수(壽), 부(富), 다남자(多男子)라고
하는 세 가지로써 당시 성인 요 (堯) 임금을 축도(祝禱)했다고 한다. 《莊子 天地》

30 박망후 : 한(漢) 나라 장건(張蹇, ?~B.C. 114)으로, 흉노(匈奴)를 정벌하여 박망후(博

○ **부사가[富士歌]** 오칠언(五七言) 장단 25구. 내게 보여주며 화답을 구함.

성완(成琬)

부사산 있는 곳 어드메인가	富士在何處
세 고을 사이에 걸쳐 있다오	乃在三州間
그 산 이름 봉래(蓬萊)라 부른다는데	其山曰蓬萊
허공에 뜬 푸름이 안개 띠를 헤쳤다오	浮空積翠開煙鬟
이어지는 봉우리는 첩첩 하늘 솟구치고	連峯疊嶂聳重霄
위에 있는 신혈의 맑은 기운 자미성에 자주 통하네	
	上有神穴淑氣徃徃通帝座
하늘로 솟은 연꽃 여덟 잎이 빽빽하네	天挺蓮花森八朶
때때로 제일 위 높은 곳 보면	時看最高處
대낮에도 자색 안개 피어오르네	白日生紫烟
자색 안개 푸른 이내 생생한 그림 속에	紫烟靑靄活畵中
만고의 빼어난 빛 창룡칠수[31] 치는구나	萬古秀色直拍蒼龍躔
창룡칠수 숨었다가 또다시 나타나서	蒼龍七宿隱復現
큰 나무숲 달을 꽂아 층층산을 누르네	揷月喬林壓層巓
머리 위에 쓴 것은 무엇이런가?	頭上何所載
유월의 쌓인 눈이 하얗고도 하얗구나	六月積雪白皚皚
발아래 생긴 것은 무엇이런가?	脚下何所生

望侯)가 되었다. 그 후 대하(大夏)에 사신(使臣)으로 가서 황하(黃河)의 수원(水源)을 끝까지 탐사[探査]했다고 한다.《史記 卷111 衛將軍驃騎列傳》

31 창룡칠수(蒼龍七宿) : 별자리 이십팔수 가운데 동방의 일곱 별 자리인 각(角), 항(亢), 저(氐), 방(房), 심(心), 미(尾), 기(箕)를 가리킨다.

만 이랑 맑은 호수 거울 같이 열려 있네	萬頃明湖鏡面開
여러 벼랑 성난 폭포 큰 골짜기 진동하고	群崖怒瀑雷大壑
무지개 품은 긴 강 우주에서 오는구나	挹虹長川宇宙來
올려보니 머리에 구천의 하늘 이고	仰視頂戴九天盖
굽어보니 뿌리는 여섯 자라[32] 등에 있네	俯瞰根盤六鰲背
옥 나무가 흔들리는 양곡(暘谷)[33]의 속이자	玉樹光搖暘谷底
기화요초 흩날리는 부상(扶桑) 나무 너머라네	琪花影落扶桑外
적송자[34]와 안기생[35]을 부를 수 있을 듯	赤松安期若可招
구름 속 봉우리들 하나하나 가리키네	指點獑岏雲靉靆
서복(徐福)[36] 사당 앞에서 휘파람 길게 부니	徐福祠前一長嘯
진 나라 동자 오백 지금은 어디 있나	秦童五百今何在
지금은 어디있나	今何在
고운 풀은 무성한데 수심 어린 푸른 산	瑤草萋萋愁翠黛
평생 숙원 비로소 이룬 것을 기뻐하니	生平宿願忻始副
정신은 뛰어올라 먼 경계를 넘어서네	意馬奔騰跨汗漫

---

32 여섯 자라 : 발해(渤海)의 동쪽 바다에서 대여(岱輿), 원교(員嶠), 방호(方壺), 영주(瀛州), 봉래(蓬萊) 등 다섯 개의 신선산이 있는데, 6만 년을 주기로 여섯 자라가 교대로 등에 진다고 한다.《列子 湯問》

33 양곡(暘谷) : 해 뜨는 곳을 가리킨다.《회남자(淮南子)》천문훈(天文訓)에, "해는 양곡에서 떠올라 함지에서 목욕한다.[日出於暘谷, 浴於咸池。]"라고 하였다.

34 적송자(赤松子) : 전설상의 신선으로, 금화산(金華山)에서 스스로를 태워서 승천해 하늘 적송간(赤松間)에 처했다고 한다.《太平寰宇記》

35 안기생(安期生) : 진나라 때의 방사(方士)로, 약을 캐러 동해로 떠났다고 한다.《列仙傳》

36 서복(徐福) : 진나라 때 방사로, 진시황(秦始皇)의 명을 받고 동남동녀 5백을 데리고 삼신산(三神山)의 불사약(不死藥)을 구하러 떠났다고 한다.《史記 卷6 秦始皇本紀》

옥절을 따르느라 한번쯤 서성거려 보지 못해　身隨玉節未遂一徙倚

겨드랑이 양쪽 날개 없는 것이 한스럽네　兩腋恨之生羽翰

산신령께 드릴 것은 새로 지은 시뿐이니　但將新詩賀山靈

나비 꿈을[37] 꾸는 밤에 신선 언덕 들어가네　蝶夢夜入瓊林塢

울퉁불퉁 내 마음 기운 편치 않았는데　磈磊胸襟氣不平

다행히 남종(南宗)[38]이 빼어난 시 보내왔네　幸爲南宗輪傑句

시 짓는 남종 스님 글 솜씨가 풍부하니　南宗韻釋富文詞

고운 시어 일찍이 보리수에 본 거라네　綺語曾見菩提樹

해외에서 새로운 벗 사귐이 즐거워서　域外新交樂莫樂

나그네 회포 잠시 스님 향해 토로하네　客懷暫向吾師吐

스님께선 이제부터 푸른 구름 뚫고 올라　吾師自是徹碧雲

멋진 취향 이름난 곳 두루 자취 남기리라　跡遍名區同逸趣

물상을 초월해 노닐면 나 또한 사강락[39]이라　優游象外我亦謝康樂

아름다운 산수에 걸음을 맡기노라　好水佳山任閑步

돌아갈 때 만일 함께 오르도록 해 준다면　歸時倘許共陟彼

땅 던지면 종소리 날 손작의 〈천태부〉[40] 다시 이르리

37 나비 꿈을 : 《장자》〈제물론(齊物論)〉에 "언젠가 장주가 꿈속에서 나비가 되었다. 나풀나풀 잘 날아다니는 나비의 입장에서 스스로 유쾌하고 만족스럽기만 하였을 뿐 자기가 장주인 것은 알지도 못하였는데, 조금 뒤에 잠을 깨고 보니 몸이 뻣뻣한 장주라는 인간이었다.[昔者莊周夢爲胡蝶, 栩栩然胡蝶也, 自喻適志與, 不知周也, 俄然覺則蘧蘧然周也。]"라고 하였다.

38 남종(南宗) : 조진(祖辰)을 가리킨다.

39 사강락(謝康樂) : 사령운(謝靈運, 385~433)으로, 동진(東晉) 때 강락공(康樂公) 봉작을 계승해, 사강락(謝康樂)이라고 불린다. 시를 잘하고 산수(山水)를 좋아해서 수령(守令)으로 있으면서 산수에 노는 시(詩)를 많이 지었다.

40 땅 … 〈천태부(天台賦)〉 : 진(晉) 나라 손작(孫綽)이 일찍이 천태부(天台賦)를 지어

更繼擲地金聲孫綽天台賦

종이 끝에 다음과 같이 적혀 있었다.

크게 취한 가운데 각각 영 장로(靈長老) 소산조삼(小山朝三)에게 한 부씩 드릴 수 없으니 함께 보시기를 바랍니다. 차운시를 보내주시면 어떠시겠습니까?

○화답[和]

조진(祖辰)

산이 있네, 산이 있네, 이름은 부사라네	有山有山名富士
천지 사이 높고 높이 우뚝하게 홀로 섰네	獨立巍巍宇宙間
모습은 갓 떠오른 햇살 받은 고운 부용	形似芙蓉初日麗
안개 머리 구름 쪽을 머리에 올렸네	上綰霧鬟與雲鬢
먼 옛날에 비로존(毘盧尊)[41]이 찬란히 내려와	徃昔光降毘盧尊
층층 얼음 저절로 백옥 의자 만들었네	層氷自作白玉座
오색초 천 줄기에 오솔길이 묻혔고	埋徑五色草千莖
사조화[42] 수만 송이 계곡에 가득하네	滿溪四照花萬朶

그의 벗 범영기(范榮期)에게 보이면서, "경은 땅에 던져 보시오. 종소리가 날 것이오."라고 하였다 한다.《晉書 卷56 孫綽傳》

41 비로존(毘盧尊) : 비로자나불(毘盧遮那佛)로, 노사나(盧舍那) 또는 대일여래(大日如來)라고도 한다. 두루 빛을 비추는 존재로서 인간을 비롯한 모든 우주만물이 이 부처에게서 탄생하였다고 한다.

42 사조화(四照花) : 전설에 나오는 꽃으로, 꽃이 피면 사방을 환하게 비춘다고 한다.《山海經 卷1 南山經》

구슬나무 숲 울창해 차가운 달 가리고	瑤林蒙密鎖寒月
옥 골짜기 그윽하여 옥빛 안개 엉겨있네	玉洞幽深凝翠烟
올라가는 외줄기 길 사람 가기 어려워	向上一路人難到
기어서 오르는 길 별자리를 지나는 듯	追攀疑是過星躔
조망하면 우뚝 솟은 봉우리 빼어난데	眺望徒覺孤峰秀
올라보면 뭇산들 꼭대기가 우습구나	登臨不屑群山巔.
상쾌한 가을 하늘 바람은 씽씽 불고	爽氣橫秋風淅淅
푸른 이내 비친 해에 눈빛은 희디희네	嵐光映日雪皚皚
아름다운 사철 경치 그림으로 안 그리고	四時美景畫不就
과객만 실컷 보며 얼굴 활짝 웃는구나	行人貪看笑顔開
앞서간 인재들이 몇 수나 읊었던가	前度諸賢幾題詠
천년 만에 양자운[43]이 오늘 또 왔다네	千載子雲今又來
산중에는 곳곳에 향초가 자라나서	山中處處産紫芝
마을 사람 이를 먹고 늙은이들 장수하네	村民喰之及鮐背
진 나라 피한 도사 옛 사당이 남아있어	避秦道士古祠存
바다 밖에 서복(徐福)이 온 것을 알겠구나	明知徐福游海外
바다 밖은 하늘 통해 바닷물 아득하고	海外通天水渺茫
부질없이 찾으니 구름은 자욱하네	空尋雲氣長㲯㲯
오백 명 신동(神童)들이 후손을 많이 두어	五百神童多耳孫
진(秦) 씨가 지금까지 이따금씩 있다네	秦氏到今往往在

---

43 양자운 : 양웅(揚雄, B.C.53~18)으로, 자는 자운(子雲)이다. 전한 말의 학자 겸 문인
  으로, 젊을 때 문장력을 인정받아 성제(成帝) 때 궁정문인이 되었다.《감천부(甘泉賦)》,
  《하동부(河東賦)》,《태현경(太玄經)》등 화려한 문장을 구사하였다.

이국인 통해 다시 신선 자취 조문하니　　　更因異人弔仙蹤

산산령도 서시 같은 눈썹을 드러낸 듯　　　山靈亦若饗眉黛

서해의 여정에서 이름난 곳 다하였고　　　西海數程窮名區

동관까지 천리 길 유람할 곳 충분하네　　　東關千里足游觀

멋진 노래 마침 주셔 화운하고 싶은데　　　適示高歌欲乃賡

몽당붓 멈춰둔 채 먹물은 넘쳐나네　　　禿毫濡滯墨爛漫

학사의 도의(道義)가 특히나 깊어서　　　特爲學士道義深

나 역시 글을 쓰라 애써서 강권하네　　　勉强我亦染柔翰

공께서는 이 시대 소동파 무리라서　　　公是當年蘇氏徒

장춘오(藏春塢)⁴⁴에서처럼 아름다운 시 지었네　　　口吻生花藏春塢

수놓은 창자에서 비단 같은 시 뽑으니　　　繡腸織出露錦心

천박한 내 재주로 새 화운시 짓겠는가　　　謏薄何以酬新句

간괴(菅蒯)가 사마(絲麻)와⁴⁵ 어울린 데 감사하고　　　感恩菅蒯同絲麻

겸가(蒹葭)가 옥수(玉樹)에⁴⁶ 의지한 것 부끄럽네　　　堪愧蒹葭倚玉樹

시인 이미 스스로 재주 많음 근심하여　　　騷人已自患才多

---

44 장춘오(藏春塢) : 북송(北宋) 때의 문장가인 조약(刁約)이 급제하여 벼슬하다가 만년
에 벼슬을 그만두고 윤주(潤州)로 돌아가자 당시의 명류들이 장춘오(藏春塢)라는 작은
둑 모양의 화단을 만들어 주었다. 조약은 이곳에 장춘재(藏春齋)라는 서재를 짓고 문한
(文翰)으로 여생을 마쳤다. 소식(蘇軾)이 그에게 〈증장조이로(贈張刁二老)〉라는 시를
지어주었다.

45 관괴(菅蒯)가 사마(絲麻)와 : 관괴(菅蒯)는 지푸라기, 사마(絲麻)는 명주실과 삼실이
다. 《춘추좌전(春秋左傳)》 성공(成公) 9년에 "사마가 있다 하더라도, 관괴를 버리지 말
일이라.[雖有絲麻 無棄菅蒯]"는 시가 인용되어 있다.

46 겸가(蒹葭)가 옥수(玉樹)에 : 겸가(蒹葭)는 갈대이다. 위 명제(魏明帝) 때 모증(毛曾)
과 하후현(夏侯玄)이 함께 자리에 앉아 있자, "갈대 같은 풀이 옥 같은 나무에 기대어
있다.[蒹葭依玉樹]"고 평한 고사가 있다. 《世說新語 容止》

만 말의 맑은 구슬 기꺼이 뱉어내네	萬斛明珠不壓吐
강산이 도와주어 새로운 시 기이한데	江山有助新詩奇
멋진 경치 볼 때마다 곧바로 지어지네	每逢佳境卽成趣
다행히 못난 중이 문장 숲을 얻었으니	野衲幸得文翰林
둔한 말이 천리마 배우는 것 같구나	恰如駑駘學騏步
이 시대의 난숙한 재주는 누구인가?	今代誰是選爛才
성 공께서 이어서 삼도부(三都賦)⁴⁷를 짓겠구나	成公續得三都賦

○중양[重陽] 정사에게 드림

조진

추풍에 고향 생각 양쪽 모두 눈물 나고	秋風歸思兩相催
여관은 쓸쓸한데 피어있는 국화 보네	旅館蕭森對菊開
근래에 고향 편지 받아보지 않았는지	近得故園書信否
구름 속 새 기러기 어지러이 날아오네	叫雲新雁亂飛來

---

47 삼도부(三都賦) : 진(晉) 나라 좌사(左思)가 지은 〈촉도부(蜀都賦)〉, 〈오도부(吳都賦)〉, 〈위도부(魏都賦)〉를 가리킨다. 황보밀(皇甫謐)이 서문을 써 주자 다투어 전해 베끼는 바람에 낙양(洛陽)의 종이값이 뛰었다고 한다.《晉書 卷92 左思傳》

○같음[同] 부사에게 드림

같음

산 넘고 바다 건너 하늘 끝에 도착하니	梯山航海到天涯
마침 좋은 절기 만나 국화를 감상하네	偶逢佳節賞菊花
객지에서 읊는 시는 마힐[48]의 시 같은데	客裡高吟摩詰句
타향에 있는 오늘 고향이 그리우리	異鄉今日須思家

○같음[同] 종사관에게 드림

같음

가을바람 문득 느낀 동해의 바닷가에	忽見秋風東海濱
고향 생각 간절한 상국의 손님이여	歸心方切上邦賓
성 가득 고관 수레 의례가 의젓하고	滿城冠盖儼公禮
만 리 길 사신배에 우호를 느꼈다네	萬里星槎感善隣
못난 재누 부끄러워 어찌할 바 모르는데	愧我疎慵耐何爲
그대 시어 여러 차례 사람을 놀래키네	思君詩語屢驚人
오늘 아침 등고(登高) 모임 갖기가 어려워서	今朝難得登高會
국화를 꺾어서 좋은 때에 응수할 뿐	惟採菊花酬令辰

---

48 마힐 : 왕유(王維, 699~759)로, 자는 마힐(摩詰)이다. 당나라 때 시인이자 화가로,
시불(詩佛)이라 불렸다.

○화답[和]

부사

먼 나그네 열흘이나 바닷가에 지체하다	遠客經旬滯海涯
서풍 부는 좋은 계절 국화를 마주했네	西風佳節對黃花
수심에 차 등고 모임 생각조차 없었으니	愁來不用登高去
지는 해 외딴 구름 집 생각만 더 난다네	落日孤雲倍憶家

○같음[同]

종사

적막한 바닷가에 좋은 계절 이제 만나	佳節今逢寂寞濱
바다 하늘 가을빛에 기러기 처음 오니	海天秋色雁初賓
고향 땅 눈에 밟혀 많은 꿈에 시름겹네	桑鄕在目愁多夢
약사발이 날 따르고 병을 달고 다니는데	藥餌隨身病共鄰
「백설가」49를 뉘 전했나? 화운하기 어려운데	白雪誰傳寡和曲
고향 못 간 사람 옆에 국화꽃 괜히 폈네	黃花空傍未歸人
여관에서 등고 모임 부질없이 저버리고	旅窗空負登高會
맑은 술잔 애써 들어 이 시절에 답하네	强把淸樽答此辰

정사는 화답시가 없었다.

---

49 백설가(白雪歌) : 백설은 춘추 시대 초(楚)나라의 가곡 이름으로, 남이 따라 부르기
  어려운 고상한 노래이다. 《昭明文選 卷45 對楚王問》

○강에 띄운 배에서[江舸卽事]

조진

상쾌한 기운이 흥을 돋우고	爽氣發淸興
가는 배는 저 멀리 보기 좋구나	行舟好眺望
모래 묻힌 제방에는 버들은 짧고	沙埋堤柳短
물 얕은 늪에는 부들 길구나	水淺渚蒲長
석조에 외딴 성곽 드러나 뵈고	殘照顯孤郭
엷은 구름 석양을 거둬들이네	淡雲收夕陽
안개 낀 나무속에 어촌 있는지	漁村烟樹裡
곳곳에서 불빛이 새어 나오네	處處漏燈光

○화답[和]

성완

사신 행렬 수천 리를 지나왔더니	星軺數千里
평야가 멀리서 눈에 들오네	平楚入遙望
물 닿은 푸른 하늘 펼쳐져 있고	水接滄溟闊
산 이어진 아지랑이 길게 뻗었네	山連瑞靄長
고승은 혜원(惠遠)[50]과 만나게 됐고	高僧逢惠遠

---

50 혜원(惠遠) : 동진(東晉)의 고승이다. 여산(廬山)의 동림사(東林寺)에서 유유민(劉遺
民)·뇌차종(雷次宗) 등 명유(名儒)를 비롯하여 승속(僧俗)의 18현(賢)과 함께 염불 결
사(念佛結社)를 맺었는데, 그 사찰의 연못에 백련(白蓮)이 있기 때문에 백련사(白蓮社)

병든 천리마 손양(孫陽)[51]에게 보이게 됐네 　　　　病驥値孫陽

맑은 시 지어 서로 수창하는 곳 　　　　　　　　清製相酬處

붓끝이 야광주 끌어당기네 　　　　　　　　　　毫端掣夜光

○돌아가는 세 사신을 전송하다[送三使歸]

조진

비갠 뒤 맑은 바람 저녁 눈을 쓸어 내고 　　　　雨後清風掃夕霏

기다리던 화려한 배 형세는 날듯하네 　　　　　畫船艤待勢如飛

여관 주인 상앗대를 매어 놓을 길이 없고 　　　無由館主維蘭槳

귀한 손님 금의환향 부러울 만하구나 　　　　　可羨高賓著錦衣

오늘 밤에 그대 가면 천 리 멀리 이별이니 　　今夜送君千里別

내일 아침 탄식하며 홀로 도성 돌아가리 　　　明朝嗟獨上都歸

훗날 서로 그리워 생각나는 곳에서 　　　　　　報言佗日相思處

하늘 끝 달 마주해 덕의 광채 바라 보리 　　　對月天涯望德輝

라 한다.

51 손양(孫陽) : 춘추 시대 진 목공(秦穆公) 때에 준마를 잘 감별하는 것으로 유명했던 백락(伯樂)을 가리킨다.

○화답[和]

정사

여관에 바람 차고 저녁 비	旅館寒風暝雨霏
누워서 들으니 마당 나무 쓸리는 듯	臥聞庭樹洒餘飛
시인 스님 생각하며 자주 베개 고이다가	方思韻釋頻欹枕
시 편지 문득 보고 바로 옷을 걸치네	忽見詩箋遽攬衣
구름 너머 무릉은 천 리 멀리 떨어졌고	雲隔武陵千里遠
하늘 닿은 푸른 바다 한 척 배로 돌아가네	天連滄海一槎歸
헤어진 후 만날 길이 끊긴다 한탄 마오	莫嗟別後音容阻
밝은 달이 두 곳에 나누어 비추리니	明月猶分兩地輝

○같음[同]

부사

저녁 무렵 날리던 차가운 비 그치고	晚來寒雨捲陰霏
바람 맞은 닻의 모습 엄연히 날 듯하네	帆色迎風儼欲飛
명을 받아 나선 먼 길 동무 된 것 기뻤는데	得命長途欣作伴
한 마디 말 들으니 옷 남겨야[52] 하리라	臨兮一語當留衣

---

52 옷 남겨야 : 당(唐)나라 한유(韓愈)가 조주 자사(潮州刺史)로 있을 적에 친하게 지냈던
   노승 태전(太顚)과 작별하면서 자신의 의복을 남겨 주었다고 한다. 「여맹간상서서(與孟
   簡尙書書)」에 실려 있다.

스님의 지팡이는 금사(金沙)[53]를 향해 가고	禪笻却向金沙去
사신 부절 채익선을 따라서 돌아가네	使節私隨彩鷁歸
이별 후 그리울 때 하늘의 달 바라보면	別後相思天上月
만 리 먼 곳에서도 맑은 빛 함께 하리	迢迢萬里共淸輝

종이 끝에 다음과 같이 적혀 있었다.

떠날 때가 임박하고 시는 마음을 표현하지 못하니 더욱 슬픕니다.

○같음[同]

종사관

고요한 절간은 아지랑이 둘러싸고	寺門寥闃鎖烟霏
국화 지고 남쪽으로 기러기 날아오네	黃菊花殘南雁飛
꿈에 보인 고향에서 갈 길을 잃은 채	夢裡故園迷去路
나그네 길 시간 흘러 계절 옷 갈아입네	客中流序換征衣
다른 나라 술 한 잔에 불현 듯 이별하니	殊方樽酒忽爲別
푸른 물결 만 리 홀로 돌아갈 길 시름겹네	萬里滄波愁獨歸
그리울 때 오로지 서녘에 뜬 달 있어	唯有相思西夜月
두 고을 비추면 맑은 빛을 대하리라	兩鄕分炤對淸輝

---

53 금사(金沙) : 인도(印度)에 있는 아누달지(阿耨達池)를 가리키는데, 금빛 모래가 가득
  하다고 한다.

○종사관이 내게 보여준 이별의 시[從事示予留別詩]

손님을 접대하러 맞이하러 왔다가	曾因儐接爲來迎
사신 깃발 다시 따라 이 성에 이르렀네	更逐征塵到此城
부지런히 맘 달래며 백 편 시 읊었고	疊疊冷襟詩百咏
끊임없이 마주 앉아 달이 세 번 찼었네	源源對榻月三盈
동쪽 울타리 늦은 국화 이별 설움 더하고	東籬菊晚添離恨
서쪽 포구 밀물 들어 먼 길을 재촉하네	西浦潮生催遠行
천 리 길 말 나란히 함께 했던 길인데	千里聯鑣同去路
돌아가는 혼자 마음 그대 어찌 견디나	問君何忍獨歸情

○화답[和]

조진

사신 수레 이곳에서 기쁘게 맞았는데	星軺此地喜逢迎
바쁘게 위성 노래[54] 읊는 것을 어이하리	難奈匆忙唱渭城
동쪽 길 청산은 무척이나 경치 좋고	東道靑山極奇勝
서관의 밝은 달은 몇 번이나 차고 졌나	西關明月幾虛盈
만 척 배 위에서 사신 깃발 방향 트니	節旄旋轉萬艘上
그림 비단 갖추어 천 리 길을 바라보네	畫錦具瞻千里行

---

54 위성 노래 : 이별을 노래한 곡을 가리킨다. 당(唐) 나라 왕유(王維)의 「송인사안서(送人使安西)」에, "위성의 아침 비가 가벼운 먼지를 적시는데[渭城朝雨浥輕塵]"라는 구절이 나온 데서 연유한 것이다.

아름다운 그 모습 잊을 날 없다 해도　　假使英標無忘日
눈앞의 이별을 어떻게 감당하랴　　眼前分手豈堪情

○성 학사를 전송하다[送成學士] 다시 빈(頻) 자를 썼다.

같음

자주 만나 정겨운 이야기 기뻤으니　　數面仍忻情話頻
잠깐 만난 사이가 오랜 친구 사이 같네　　恰如羊胛久彌親
이곳 다시 왔어도 굴뚝 검을 틈이 없이[55]　　再來此地未黔突
돌아가는 배 띄우고 자세히 나루 묻네　　忽動歸橈細問津
그대 이름 국사에 남겨 전할 만하고　　雅號洽傳留國史
훌륭한 시 영원히 집안 보배 삼으리　　佳篇永秘爲家珍
정성스런 이별 자리 서로 다시 약속하니　　慇懃臨別更相約
살진 말 따르던[56] 동관의 일 잊지 마소　　莫忘東關肥馬塵

---

55 굴뚝 …… 없이 : 쉴 틈도 없이 바쁘게 돌아다니는 것을 형용한 말이다. 동한(東漢) 반고(班固)의 「답빈희(答賓戲)」에 "공자가 앉은 자리는 따스해질 틈이 없었고, 묵자의 집 굴뚝은 검어질 틈이 없었다.[孔席不暖, 墨突不黔。]"는 말이 나온다. 《文選 卷45》
56 살진 말 따르던 : 두보(杜甫)의 시 「증위좌승(贈韋左丞)」에 "나귀 타고 삼십 년 동안, 장안의 봄을 나그네 신세로 살아 왔으니, 아침이면 부잣집 문을 찾아가고, 저녁이면 살진 말의 뒤를 따랐는데, 남은 술과 식은 불고기에, 가는 곳마다 남몰래 몹시 서러웠네.[騎驢 三十載, 旅食京華春, 朝扣富兒門, 暮隨肥馬塵, 殘盃與冷炙, 到處潛悲辛。]"라고 한 데 서 온 말이다.

○화답[和]

성완

천 리 길 역정에서 따뜻한 말 자주 하니	千里長亭軟語頻
걱정하고 아끼는 정 형제 부모 같구나	繾綣情同骨肉親
푸른 귤밭 그늘 옆에 남악을 거쳐왔고	綠橘陰邊經南岳
누런 띠풀 장기 속에 웅진을 지나왔네	黃茅瘴裡過態津
객지 심정 밤마다 등불 아래 토로하고	羈懷每吐燈前夜
묘한 시구 넉넉하여 상자 속 보배라네	玅句將饒篋裡珍
내일 아침 이별이 아쉽고 섭섭하니	惆悵明朝旋作別
백년 동안 그대 모습 만나지 못하겠지	百年消息隔芳塵

○성 학사가 내게 종계(宗系)와 사는 곳을 물어 내가 집안 내력을 대답했더니, 나를 위해 이 시를 짓다[成學士問予宗系及所居予答以家私仍爲予作此詩] 칠언고시 이십칠 운

같음

일동의 산하는 빼어난 기운 길러	日東山河毓秀氣
신령한 세 봉우리 자라 등에 우뚝 섰네	鰲背靈峰哲峀三
하늘이 세상을 처음 연 이후로	自從天御創業後
천하에 대장부가 몇이나 나왔던가?	幾箇寰中挺奇男
성스러운 스님께서 세속 나와 선관(禪關) 여니	聖師脫出啓禪關
가슴 속의 지혜의 물 어찌나 담담한지	胸間智水何潭潭

서쪽으로 중국에 가 경산[57]을 방문하여	西入中原訪徑山
경산에서 인가 받아 현담을 이었네	徑山印可承玄談
눈으로는 대륙의 삼천 세계 다 보았고	眼窮大陸三千界
손으로 기원[58]의 오백 상자 다 찾았네	手探祇園五百函
묻노니, 경산은 어떠한 사람인가?	借問徑山是何人
위로는 육조[59] 배워 구담[60]을 좇았네	上學六祖追瞿曇
조계종 일파가 바른 맥을 전하여	一派曹溪傳正脈
불이문(不二)[61]에 덕이 높은 스님들 참여했네	不二門中龍象參
커다란 염주알은 티끌에서 벗어났고	摩尼大珠脫點翳
거울 같은 수면은 바람을 거두었네	鏡面定水收風嵐
마침내 화엄경의 십지품(十地品)[62]을 가지고	遂令華嚴十地品

---

57 경산 : 중국 절강성(浙江省) 여항현(餘杭縣)에 있는 절로, 불교의 성산(聖山)이다. 남
종대사(禪宗大師) 경산 법흠(徑山法欽)이 이곳에 경산사를 세우고 차잎을 재배하였다.
남송 때 일본의 승려가 중국에 왔다가 경산의 차 잎을 가지고 가 일본 다도의 기원이
되었다.

58 기원(祇園) : 기수급고독원(祇樹給孤獨園)의 준말이다. 옛날 인도 기타태자(祇陀太
子) 소유의 원림(園林)을 수달급고독(須達給孤獨) 장자(長子)가 사서 석가(釋迦)에게
기증한 승원(僧院)이다.

59 육조 : 혜능(慧能, 638~713)으로, 당나라 때 선종의 제 6대 조사(祖師)이다.

60 구담 : 범어(梵語) Gāutama의 음역(音譯)으로서 석가(釋迦)의 속성(俗姓)이다.《阿含
經》

61 불이문(不二門) : 불교(佛敎)의 용어로 불이법문(不二法門)의 준말로, 평등하여 아무
차이가 없는 지도(至道)라는 뜻이다.

62 십지품(十地品) :《화엄경(華嚴經)》에 나오는 내용으로, 1은 선지법의(善知法義), 2
는 능광선설(能廣宣說), 3은 처중무외(處衆無畏), 4는 무단변재(無斷辯才), 5는 교방편
설(巧方便說), 6은 법수법행(法隨法行), 7은 위의구족(威儀具足), 8은 용맹정진(勇猛精
進), 9는 신심무권(身心無倦), 10은 성취인력(成就忍力)이다.

삼생을 거듭 살며 일찍부터 외웠네	變作三生已夙諳
구슬 자리 설법을 푸른 난새 살피고	靑鸞却候講琳筵
좌선하는 감실을 흰 원숭이 또 엿보네	白猿更窺栖禪龕
화살같이 흘러간 세월이 7년이라	倏忽流光歲有七
능가경을 녹감(麁甘)처럼 마음에 새겼네	刻意楞伽如麁甘
무착과 천친[63]과는 정신적인 사귐 있고	無着天親托神交
지의[64]의 교론으로 깊은 담론 연마했네	智顗敎論研深譚
보묵(寶墨) 갖고 돌아와 산천을 압도하니	歸携寶墨鎭山川
따로 말한 내기는 남쪽으로 온 우리 도(道)네[65]	別言內記吾道南
남종 대사야말로 바로 그 먼 후손이니	南宗大師卽遠孫
일원과 진여에 욕심낸 것 같구나	一圓眞如饞似貪
개에게는 불성이 없다고 돈오한 곳	狗子無性頓寤處
쌍림에 웅거하여 호랑이 눈 부라리네	卓踞雙林虎視耽
규봉[66]처럼 덕을 펴고 혜휴[67]처럼 시를 짓고	圭峰普德惠休詩
글솜씨는 지영(智永)[68]과 노담(魯郯)에 견주네	筆與智永爭魯郯

---

63 무착과 천친 : 인도의 승려들로 미륵(彌勒)→무착(無着)→세친(世親)으로 이어지는 유
   식파의 3대 논사(論師) 가운데 두 사람이다. 세친을 천친(天親)이라고도 한다.

64 지의(智顗) : 천태종을 개종한 천태대사(天台大師)를 가리킨다.

65 남쪽으로 온 우리 도(道)네 : 송(宋) 나라 양시(楊時)가 명도(明道) 정호(程顥)에게 배
   우고 고향으로 돌아갈 때, 명도가 좌객(坐客)들에게 "내 도가 남으로 가는군[吾道南矣]."
   하였다고 한다. 《宋史 卷428 楊時》

66 규봉(圭峰) : 당나라 때 승려이다. 교종과 선종을 융합하여 교선일치를 창도했으며,
   저술에 힘썼다.

67 혜휴(惠休) : 남북조 시대 강남의 시승이다. 송무제가 그의 재주를 사랑해 환속을 명해
   벼슬이 양주자사에 이르렀다. 시와 문장에 능하고 박학다식하여 시승 가운데 으뜸으로
   일컬어졌다.

지난번에 대군 명령 공손히 받들어	往者恭承大君命
서쪽 사신 맞았는데 재주 너무 부끄럽네	遠迎西使才何慙
물길 뭍길 삼천리를 오며가며 하는 동안	揭來水陸三千里
혜강의 칠불감[69]을 꺼리지도 않았네	不憚嵇康七不堪
나라 밖 새 사귐 더한 기쁨 없었고	域外新交樂莫樂
군자의 심정은 물처럼 담백했네	君子心情水如淡
관동으로 향한 길에 역정이 몇 개던가	路指關東幾驛程
배와 가마 나란히 해 맑은 흥에 취했었네	並船連輿淸興酣
마을마다 푸른 대는 삼나무와 섞여있고	村村綠竹間翠杉
곳곳마다 붉은 귤은 황감과 섞였었네	處處丹橘交黃柑
짧은 시와 긴 노래로 삼라만상 그려내니	短詠長歌輸萬象
시교자[70]는 여러차례 필설(筆舌)로 깎았다네	詩窖頻經筆舌鏨
풍부한 고운 시어 습성으로 알고 있고	習性從知富綺語
고운 시편 그윽한 난꽃 향기 끌어내네	麗什惹得幽蘭馣
중도에 홀연히 헤어질 줄 알았으랴	豈料中逢忽分袂
무릉의 안개 숲은 가마 돌리라 재촉하네	武陵烟樹催歸籃

---

68 지영(智永) : 남조 진(陳)의 승려로, 왕희지의 9대손인데 초서를 잘 썼다. 『천자문』을
   썼다.

69 혜강의 칠불감 : 진(晉) 나라 때 혜강이 자기에게 벼슬을 하라고 권유한 산도(山濤)에
   게 보낸 절교서(絶交書)에서, 자신이 관직 생활을 감당할 수 없는 일곱 가지 조건을 내세
   운 것을 이르는데, 그 일곱 가지 감당할 수 없는 조건을 열거한 데에서 연유한다. 《嵇中散
   集 卷二》

70 시교자 : 시를 잘 쓰는 사람을 가리킨다. 오대(五代) 때 시인 왕인유(王仁裕)의 별명으
   로 청(淸)의 오임신(吳任臣)이 《십국춘추(十國春秋)》의 〈왕인유전(王仁裕傳)〉에서 "평
   생 지은 시가 만 수에 차니 촉 땅 사람들이 시교자라 불렀네[生平作詩滿萬首, 蜀人呼曰
   詩窖子。]"라고 평한 데에서 연유하였다.

임무 끝나 궁궐 계신 대군께 아뢰고서	幹事旋奏玉宸君
용택의 옛 절에 다시 와 누웠네	更臥龍澤舊伽藍
고운 시에 멀리 계신 스님을 생각하고	麗藻遙思碧雲師
이별 꿈은 복사꽃 속 암자 길게 감도네	別夢長繞桃花菴
아녀자 같은 슬픔 장부에겐 없건만	丈夫不作兒女悲
헤어짐에 두 줄기 눈물을 머금네	臨歧肯敎雙涕含

○학사 이 군에게 드리다[奉呈學士李君]

고백순(高伯順)

귀한 손님 머물다 고국으로 돌아갈 때	貴客留連歸國時
산성주 산빛이 차마 눈썹 펴겠는가?	城州山色耐開眉
파도 만 리 같은 배에 타고 온 달을	波濤萬里同船月
절 앞의 옛 친구도 함께 보고 있으리	卽是寺前一舊知

○고백순 공이게 감사하다[次謝高伯順公]

이 반곡(李盤谷)[71]

오래된 절 추풍 불고 저물어 가려는 때	古寺秋風欲暮時

---

71 이 반곡(李盤谷) : 이담령(李聃齡, 1652~?)으로, 본관은 경주(慶州), 자는 백로(百老), 호는 반곡(盤谷), 붕명(鵬溟) 등이다. 1679년 진사에 합격하였다. 1682년 종사관 서기로 일본에 다녀왔다.

짙은 눈썹 뵙게 되니 얼마나 다행한가?　　　一床何幸接龐眉

이역에서 서로 만남 운명이 있는 법　　　　異域相逢眞有數

좋은 술로 새 친구 사귀어도 좋으리　　　　不妨芳酒托新知

○창랑 공께 드리다[奉呈滄浪公館下]

서봉자 견림(西峰子見林)[72]

일찍이 『일본서기(日本書記)』 등의 책을 읽은 적이 있는데, 삼한(三韓)과 일본의 우호는 오래되었습니다. 오늘 다행히 식한(識韓)[73]을 얻게 되어, 절구 한 수를 드려 감사합니다.

곡진하게 나눈 정은 북해처럼 깊으니　　　繾綣交情北海深

예전부터 두 나라는 금란지교 맺어왔네　　從來兩地契蘭金

다행히 절 집에서 나란히 앉았으니　　　　幸爲並坐梵宮上

헤어진 뒤 덕음을 내 어찌 잊으리?　　　　別後我何忘德音

---

72 서봉자 견림(西峰子見林) : 송하견림[松下見林, 마쓰시타 겐린, 1637~1704]으로, 본성은 귤(橘), 이름은 수명(秀明)・경섭(慶攝), 자는 제생(諸生), 호는 서봉산인(西峰山人)이다. 에도시대 전기의 의사이자 유학자로, 교토에서 의업에 종사하는 한편, 『삼대실록(三代實錄)』, 『이칭일본전(異稱日本傳)』을 저술했다. 후에 고송 번(高松藩)에서 벼슬을 했다.

73 식형(識荊)과 같은 말로 면식을 얻게 되어 영광스럽다는 뜻이다. 이백(李白)의 「여한형주서(與韓荊州書)」에 "생전에 만호후에 봉해질 필요 없이 오직 한번 한 형주를 만나고 싶습니다.[生不用封萬戶侯, 但願一識韓 荊州。]"라고 하였다.

○급히 서봉(西峯)의 운을 따라 짓다[走次西峯韻]

창랑자

사귐은 처음인데 마음은 절로 깊어	不論初交意自深
분명한 한번 허락 천금보다 중하네	辨兒一諾重千金
정성스레 주옥같은 시문 다시 주시니	慇懃更有瓊琚贈
양춘 백설[74] 노래보다 훨씬 더 훌륭하네	殊勝陽春白雪音

○절구 한 수를 성 취허·이 붕명·홍 창랑에게 드리다[絶句一首呈成翠虛李鵬溟洪滄浪]

춘종(春宗) 임계봉(林鷄峰)[75]

우연히 문학하는 분들과 만나니	萍水相逢文學人
해동의 경물들이 기운 맑고 새롭구나	海東雲物氣淸新
정신으로 하는 사귐 말 달라도 괜찮고	神交不恨語言異
천 리 멀리 풍교 같아 덕으로도 한 이웃이네	千里同風德一隣

---

74 양춘 백설 : 초나라의 노래로, 통속적이지 않고 고상하여 이해하는 사람이 적었다고
한다. 《昭明文選 卷45 對楚王問》
75 춘종(春宗) 임계봉(林鷄峰) : 임정우(林整宇)의 첫째 아들로 당시 14세였다. 생애는
미상이다.

○자리에서 급히 임기동(林奇童)의 시에 화운하다[席上走和 林奇童示韻]

성 취허

옥설 같은 자태가 제일로 뛰어나고	玉雪英姿第一人
채색 붓 쓰는 곳에 먹물 꽃이 새롭네	彩毫揮處墨花新
훗날에 이룬 재주 진실로 보게 되면	誠看異日才成就
가유린(賈幼隣)[76]에 고운 시문 양보할 리 있으랴	麗藻何辭賈幼隣

○차운하여 임 수재 계봉에게 주다[次贈林秀才鷄峯]

이 붕명

풍모는 완연히 노숙한 사람인데	風儀宛似老成人
내게 보인 맑은 시는 어구가 새롭구나	示我淸篇句語新
대대로 가문 명성 온전할 줄 알겠고	奕世家聲知不墜
큰 명성이 이로부터 이웃 나라 퍼지리라	大名從此播殊隣

---

76 가유린(賈幼隣) : 가지(賈至, ?~772)로, 자는 유린(幼隣)이다. 당나라 때 시인으로, 벼슬은 산기상시(散騎常侍)에 이르렀다. 왕유(王維)・잠삼(岑參)과 조조시(早朝詩)를 창화(倡和)한 시들이 각기 그 묘치(妙致)를 다하였으므로, 관각(館閣)의 거장(巨匠)들이 한결같이 금과옥조(金科玉條)로 삼았다고 한다.

○즉석에서 임계봉의 시에 차운하다[席上次韻林鷄峯]

홍 창랑

이 아이가 어리지만 숙성한 것 어여쁘니	憐渠童稚已成人
얼굴은 해맑고 기개는 참신하네	眉目淸揚氣槩新
문학의 연원이 있는 것을 알겠으니	文學淵源知有自
훗날에는 명성이 이웃 나라 진동하리	異時聲譽動殊隣

○성 진사와 홍 창랑께 못난 시를 드리다[鄙絶呈成進士兼洪滄浪]

춘상(春常) 임정우(林整宇)[77]

문채와 의표로 국가의 정화 보니	文采淸儀觀國華
관명으로 떠난 길에 집 떠난 일 한탄하랴	官遊何恨遠離家
은하수는 흘러들어 일동을 떠나가고	銀河流入日東去
사신은 바람 타고 8월에 배 띄웠네	星使乘風八月槎

---

77 춘상(春常) 임정우(林整宇) : 임봉강[林鳳岡, 하야시 호코, 1645~1732]으로, 이름은 신독(信篤), 자는 직민(直民), 호는 정우(整宇)이다. 임나산[林羅山, 하야시 라잔]으로 시작된 임가(林家)의 3대로, 1680년 즉위한 장군(將軍) 덕천강길(德川綱吉)에게 중용되어, 1691년 유시마[湯島] 성당이 준공된 후 초대 대학두(大學頭)에 임명되었다.

○차운하여 정우께서 보내준 시에 감사하다[次謝整宇辱贈韻]

성 취허

가업과 문벌은 소화[78]보다 훨씬 낫고	箕裘門閥勝蕭華
시와 예를 계승하여 대가로 인정받네	詩禮相承認大家
우연한 한 번 만남 진실로 운명이니	萍水一逢眞有數
다행히 은하 건너 신선 배를 따라왔네	銀河幸得逐仙槎

○정우께서 보여준 시에 차운하다[次奉整宇示案]

홍 창랑

정교하고 화려한 그대 시격 아끼노니	愛君詩格極精華
문채와 풍류는 가풍을 이었구나	文彩風流繼乃家
서로 만난 오늘은 운명인 걸 알겠으니	此日相逢知有數
동서로 만 리 길에 사신 배를 따라왔네	西東萬里逐星槎

○급히 진사 붕명께 드리다[奉呈李進士鵬溟]

춘상 임정우

도골과 자태 모두 신선에 걸맞으니	道骨風姿總稱仙

---

78 소화(蕭華) : 699~769. 아버지가 당현종 때 재상이었고 동생은 당현종의 딸인 신창공
주와 결혼했으며, 자신도 후에 재상이 되었다.

알겠구나 전생에는 이태백이었음을   前身知是李青蓮
붕새 날개 펼치면 몇 천 리나 되던가?   溟鵬張翼幾千里
해 뜨는 부상 하늘 바람타고 왔구나   搏擊扶桑朝日天

○차운하여 정우께 드리다[次呈整宇詞案]

이 붕명

십도(十島)⁷⁹에 노닐며 뭇 신선과 함께 하니   身遊十島參群仙
향산에서 백련사⁸⁰를 만난 것과 비슷하네   跡似香山對白蓮
훗날 서로 어디에서 그리워할 것인가   他日相思何處是
둥글게 밝은 달이 해동 하늘 떠 있겠지   一輪明月海東天

---

79 십도(十島) : 십주(十洲)를 가리킨다. 큰 바다 속에 있는 신선이 사는 조주(祖洲)·영
  주(瀛洲)·현주(玄洲)·염주(炎洲)·장주(長洲)·원주(元洲)·유주(流洲)·생주(生洲)
  ·봉린주(鳳麟洲)·취굴주(聚屈洲)이다.

80 향산에서 백련사를 : 백거이가 만년에 시주(詩酒)를 즐기며, 향산의 스님 여만(如滿)과
  함께 향화사(香火社)를 결성하고 서로 종유하면서 향산거사라 자호하고 풍류를 즐겼다.
  그리고 동진(東晉) 때 여산 동림사(東林寺)의 고승 혜원법사가 일찍이 당대의 명유(名
  儒)인 도잠(陶潛), 육수정(陸修靜) 등을 초청하여 승속이 함께 염불 수행을 할 목적으로
  백련사를 결성하고 서로 왕래하며 친밀하게 지냈다.

○같은 자리에서 절구 한 편을 지어 성 취허·이 붕명·홍 창랑 세 분께 드리다[同席裁絕句一章呈成翠虛李鵬溟洪滄浪 三雅君]

남춘암(南春菴)

해 흔들고 하늘 닿는 장한 유람 다하니	沃日摩霄究壯遊
비단 안장 붉은 수레 목란주 타셨다네	繡鞍朱轂木蘭舟
마침내 시 주머니 무거울 줄 알겠으니	料知到底錦囊重
부상 나라 육십 주의 반을 돌아 보았구려	半閱扶桑六十州

○붓을 달려 춘암이 보여준 시에 차운하다[走次春菴示韻]

성 취허

한만 따라 노니는 노오처럼[81] 기개 솟고	氣逸盧敖汗漫遊
연엽주 탄 태을처럼[82] 마음은 초월했네	心超太乙駕蓮舟
푸른 바다 벼루 넣고 부상(搏桑) 나무 붓 삼으니	滄溟注硯搏桑筆

---

81 한만 따라 노니는 : 노오(盧敖)가 북해(北海)에 노닐다가 몽곡산(蒙穀山) 꼭대기에서
한 선비를 만나 벗하려 하였는데, 그가 웃으며 "나는 남쪽으로 망량(罔兩)의 들판에서
노닐고 북쪽으로 침묵(沈默)의 고을에서 쉬며 서쪽으로 요명(窅冥)의 마을을 다 다니고
동쪽으로 홍몽(鴻濛)의 앞을 꿰뚫고 구해(九垓)의 위에서 한만(汗漫)과 노닐려 하오."
하고는 팔을 들고 몸을 솟구쳐 구름 속으로 들어갔다고 한다.《淮南子 進應訓》

82 연엽주 탄 태을처럼 : 북송 때 화가 이공린(李公麟)의 그림 「태일진인도(太一眞人圖)」
에 태을진인이 큰 연잎 가운데 누워 책을 읽고 있는데, 한구(韓駒)의 제시에 "태일진인연
엽주(太一眞人蓮葉舟)"라는 구절이 나온다.

뛰어난 시구 모두 하늘 구주(九州) 옮겨왔네   傑句都輸天九州

○차운하여 춘암께 드리다[次奉春菴詞案]

이 봉명

돌아오는 만 리 길에 멋진 유람 다하고서   萬里歸來辨勝遊

대판성 서쪽 기슭 잠시 배를 대었네   坂城西畔暫停舟

신선이 이와 같다 분명히 말하노니   神仙若是分明說

진정한 봉래산이 바로 이 고장이네   眞箇蓬山卽此州

○붓을 달려 춘암의 시에 차운하다[走次春菴示韻]

홍 창랑

바다 건너 한만의 유람을 이루니   涉海眞成汗漫遊

책과 검을 손에 들고 신선의 배 따르네   手携書劍逐仙舟

산하를 모두 돌아 삼천리 다 밟았고   山河歷盡三千里

으뜸으로 번화한 고장에 들어왔네   行入繁華第一州

○절구 한 수를 성 취허 · 이 붕명 · 홍 창랑 세 분 공께 드리다[絶句一首呈成翠虛李鵬溟洪滄浪三雅公]

판점헌(坂漸軒)[83]

만나서 문장 논한 모임이 아름답고	邂逅論文會可嘉
밝은 풍채 깨끗하여 흠 하나 없어라	熙熙丰采淨無瑕
사신 되어 비단 돛배 몇 천 리 떠나왔나?	錦帆奉使幾千里
동해 물결 따라서 온 박망후의 뗏목일세[84]	東海隨流博望槎

○차운하여 점헌의 시에 감사하다[次謝漸軒示韻]

성 취허

세상을 덮을 풍류 맹가(孟嘉)[85]와 비슷하고	盖世風流似孟嘉
흠 없는 흰 구슬을 예전부터 알았었네	從知白璧絶纖瑕

---

83 판점헌(坂漸軒) : 판정백원[坂井伯元, 사카이 하쿠겐, 1630~1703]으로, 호는 벌목(伐木) · 점헌(漸軒)이다. 임나산(林羅山)의 제자로, 『본조편년록(本朝編年錄)』 등의 사초 작성에 참여했다.

84 박망후의 뗏목일세 : 박망후는 장건(張騫)의 봉호(封號)로, 그가 황하의 근원지를 밝히려고 뗏목을 타고 가다가 견우(牽牛)와 직녀(織女)를 만나고 왔다는 이야기가 장화(張華)의 『박물지(博物志)』에 실려 있다.

85 맹가(孟嘉) : 진(晉) 나라 때 사람으로 재주와 풍류가 뛰어났는데, 일찍이 환온(桓溫)의 참군(參軍)으로 있을 때, 9월 9일에 환온이 용산(龍山)에 잔치를 열어 막료들이 다 모여 즐겁게 노닐 적에 바람이 불어 맹가의 모자가 날아갔는데도 그는 알아차리지 못하므로, 환온이 손성(孫盛)을 시켜 글을 지어서 그를 조롱하게 하였던바, 맹가가 즉시 훌륭한 문장으로 답변을 하여 멋진 풍류를 발휘했었다. 《晉書 卷98 孟嘉傳》

하늘 끝에 만나게 된 반가운 두 눈동자 天涯邂逅雙靑眼
다행히 이 내 몸을 달 속 뗏목 맡기네 幸賴斯身月一槎

○붓을 달려 판점헌 시에 차운하다[走次坂漸軒詞案]

이 붕명

맑은 의표 뛰어나니 갸륵하게 여겨지고 淸標卓犖見堪嘉
휘둘러 쓴 글씨는 티없는 옥과 같네 揮洒眞如玉不瑕
시주머니 풍월로 가득함을 알겠으니 認得奚囊飽風月
거두어서 돌아갈 배 실어도 좋으리 不妨收拾載歸槎

○붓을 달려 판점헌이 주신 시에 차운하다[走次坂漸軒惠韻]

홍 창랑

손님 주인 나눈 기쁨 예의도 아름답고 賓主交歡禮意嘉
맑은 의표 옥 같아서 한 점의 흠도 없네 淸標玉立絶纖瑕
술잔 앞에 나그네 몸 된 것조차 잊었는데 尊前不覺身爲客
바다 위에 처음으로 사신의 배 멈추었네 海上初停漢使槎

○삼가 정우(整宇) 공 사안에 드림[謹呈整宇公詞案]

성 취허

나산86의 문장 명성 일찍부터 들었는데	羅山文譽飽曾聞
오늘날 계승한 이 또 그대가 있었구려	今日傳家又有君
속되지 않은 의표 한 번 보고 알았고	一見淸標知不俗
빛나는 붓 쓰는 곳에 기운은 구름 닿네	彩毫揮處氣凌雲

○삼가 취허 성 진사가 부친 시에 차운하다[錄次翠虛成進士被寄韻]

물풀처럼 우연히 만난다고 들었는데	水萍相遇昔曾聞
오늘 저녁 그대를 만날 생각 했었으랴	今夕何圖對此君
옥절은 햇빛과 번갈아 번쩍이고	玉節交光日邊影
깃발은 해동 구름 무늬를 더하네	文旌添色海東雲

---

86 나산(羅山) : 임나산[林羅山, 하야시 라잔, 1583~1657]으로, 이름은 신승(信勝)·충(忠), 자는 자신(子信), 법호는 도춘(道春), 별호는 석안항(夕顏巷)·나부자(羅浮子) 등이다. 등원성와(藤原惺窩)의 제자로, 덕천가강(德川家康)에게 등용되어 4대에 걸쳐 장군(將軍)의 시강(侍講)으로 있었다. 법령 제정, 외교문서 기초, 전례 조사 및 정비 등에 간여하였다. 임정우(林整宇)의 할아버지이다.

○붓을 달려 기동(奇童) 임계봉에게 부치다[走贈林奇童鷄峯]

이 봉명

사랑스런 어린 아이 시 지을 줄 아는데　　愛爾髫齡能作詩
모습 태도 시보다 더 나으니 어여뻐라　　還憐標格過於詩
부상에서 접역까지 오천 리 길이니　　扶桑鰈域五千里
손님 얼굴 기억하라 애오라지 시를 주네　　記記客顔聊贈詩

○붕명이 보여준 시에 차운하다[次鵬溟示韻]

임계봉

부끄럽다, 이 사람은 모과 같은 시 보내고　　愧吾投示木瓜詩
주옥 같이 고운 시를 화답시로 받았네　　瑤玖佳酬得好詩
대아(大雅)의 맑은 바람 귓가에 가득하니　　大雅清風盈耳處
시경을 산삭한 후 시가 없다 말을 마오　　勿言刪後更無詩

○임 계봉의 시에 차운하다[次林鷄峯韻]

취허 성완

열세 살 왕발(王勃)은 시를 제일 잘 썼는데　　十三王勃最能詩
이제 보니 그대 시가 바로 그 고시로다　　今見清篇卽古詩
일본에서 천 년 만에 신동이 나왔으니　　葦原千載神童出

바다 밖에 시 백 수를 가져다 전하리라 　　　海外將傳百首詩

○차운하여 계봉 임 어린이에게 주다[次贈鷄峯林童]

　　　　　　　　　　　　　　창랑이 붓을 달려 쓰다.

할아버지 아버지가 모두 시를 좋아해 　　　乃祖乃翁皆好詩
그대는 가정에서 일찍 시를 배웠네 　　　爾習家庭早學詩
붓 들어 쓴 새로운 시 더욱더 기이하니 　　　落筆新篇更奇絶
병든 이 몸 더 이상 시를 쓰지 못하겠네 　　　病夫從此欲無詩

○차운하여 임 계봉에게 주다[次贈林鷄峯]

　　　　　　　　　　　　　　　　　붕명

정우는 지금에 시로써 날리는데 　　　整宇當今鳴以詩
열 살 짜리 아이가 시 지으니 어여뻐라 　　　憐渠十歲更能詩
높은 재주 이로부터 문장가가 될 텐데 　　　高才自是文章手
부끄럽게 거친 시로 그대 시에 화답하네 　　　愧把蕪詩和爾詩

○세 분이 화답시를 주셔서 앞의 운을 차운하여 감사하다 [三雅君辱賜高和步前韻以謝之]

남춘암

덕 있는 이 원래부터 자연을 벗 삼으니	德人元是有天遊
마음은 진실로 매지 않은 배와 같네	懷抱眞如不繫舟
이역에서 같은 마음 너와 내가 없었으니	異域同心無物我
지척에서 얘기하며 면식을 트게 됐네	談交咫尺識荊州

○춘암의 시에 또 첩운하다[又疊春庵詩韻]

창랑

박망후 유람 따라 바다 밖에 왔는데	海外來隨博望遊
그대 보니 도리어 빈 배 띄운 것만 같네	對君還似泛虛舟
뜻 합하면 지기가 되는 것을 알았으니	從知意合爲知己
남북으로 다른 곳에 있는 것을 한탄 마오	南北休嗟各異州

○세 분이 화답시를 주셔 앞의 운을 써서 드리다[三君賜高和因用前韻以呈之]

점헌

| 서로 만나 말 나누니 나그네 맘 갸륵하고 | 相逢晤語旅情嘉 |

손으로 쓴 빛나는 시 아무 흠이 없구나 　　　　落手華篇畜莫瑕

다행히 산을 넘고 바다 건넌 곳곳에 　　　　　幸是棧山航海處

십주(十州)와 삼도(三島)를 신선 배로 지나왔네 　　十州三島泛仙槎

○본서사 석상에서 삼가 정우(整宇) 학산(鶴山)[87] 두 공께 드리다[會本誓寺席上謹呈整宇鶴山兩公案下]

이 붕명

산하의 맑은 기운 호걸에게 모여들어 　　　　河山淑氣鐘豪英

추수 같은 정신과 옥골이 맑구나 　　　　　　秋水精神玉骨淸

풍격은 세속 무리 뛰어넘음 알았고 　　　　　風格已知超俗輩

문장은 집안 명성 떨침을 보는구나 　　　　　文章還見振家聲

못난 내가 부끄럽게 멋진 시에 창화하니 　　疎慵自愧酬佳句

소중히 여겨주어 나그네 맘 위로했네 　　　　鄭重偏蒙慰遠情

이역에서 만남은 인연이 있는 법 　　　　　　異域相逢眞有數

잠깐 만나 큰 잔에 술 따라도 괜찮으리 　　　不妨傾蓋酌深觥

---

87 학산(鶴山) : 인견우원[人見友元, 히토미 유겐, 1629~1696]으로, 이름은 절(節), 자는 선경(宣卿), 호는 학산(鶴山)·죽동(竹洞)이다. 임아봉(林鵞峰)에게 수학하였고, 막부의 유관을 역임했다. 1682년 스승의 아들이자 막부의 유관이었던 임봉강(林鳳岡)를 도와 에도에서의 통신사 접대를 주관하였다.

○이 진사의 시에 이어 써서 드리다[奉嗣李進士韻]

정우

예원에 핀 문장의 꽃 기쁘게 바라보니	藝園喜見發文英
묘한 구절 놀랍고 필력은 맑구나	妙句驚人筆力清
자라 섬 구름 빛은 멀리 길함 보여주고	鰲嶋雲光遙示瑞
기러기 산 서리 소식 아직은 오지 않네	雁山霜信未傳聲
술잔 대한 이백 두보 새 시상을 논하였고	對樽李杜論新思
잠깐 만난 공자 정자 옛 친구 같았었지	傾蓋孔程如舊情
이제부터 모름지기 문자음(文字飲)[88]을 닦아서	從此須修文字飲
교유하며 해동 뿔 잔 더불어 따르리라	交游同酌海東觥

○같이 화답하여 드리다[同和呈]

학산(鶴山)

이역에서 마주쳐 준걸들이 모였으니	邂逅殊邦會俊英
얼굴 보고 무릎 대고 나누는 말 맑구나	結眉促膝露談清
오호(五湖)와 사해(四海)는 용의 모습 하고 있고	五湖四海猶龍貌
수만 강과 수천 산에 기러기가 와서 우네	萬水千山來雁聲
아득한 북명(北溟)에서 한번 차고 올랐으나	杳杳北溟曾一擊

---

88 문자음(文字飲) : 술을 마시면서 시(詩)를 읊고 문(文)을 논하는 것을 가리킨다. 당(唐)
의 한유(韓愈)가 장안의 부호집 자식들을 조롱하면서, "문자음은 할 줄 모르고 붉은 치마
폭에서 취하는 게 고작이지.[不解文字飲 惟能醉紅裙]"라고 하였다.《捫蝨新話》

쓸쓸한 남쪽 절은 도리어 다정하네	蕭蕭南寺却多情
등불 심지 자르니 추풍 손님 맞기 좋고	剪燈好是秋風客
밤이 기니 모름지기 뿔잔으로 응대하리	夜永要須酬兜觥

○종(宗) 태수[89] 석상에서 세 사신께 드리다[宗太守席上奉呈三使君]

정우

왕명 받고 해외로 떠나왔는데	奉官遊海外
한나라의 삼명(三明)[90]처럼 재주 뛰어나	才邁漢三明
풍모와 태도는 중국과 같고	風度同中國
향리에서 명망은 북성(北城) 향하네	鄕望指北城
헤어지는 자리에서 사모[91] 부르고	離筵歌四牡
사절은 두 깃발을 높이 세웠네	使節表雙旌
서로들 만나서 다른 일 없이	相遇無他事
한결같은 마음으로 정성 다했네	一心竭寸誠

---

89 종 태수(宗太守) : 종의진[宗義眞, 소 요시자네, 1639~1702]로, 대마(對馬) 부중(府中) 번의 3대 번주이다. 1657년 번주의 자리에 올라, 은산 개발 및 조선 문역을 진흥시켜 대마도의 전성기를 일으킨 인물이다.

90 삼명(三明) : 후한의 단기명(段紀明)·황보위명(皇甫威明)·장연명(張然明) 세 사람을 일컫는다.

91 사모(四牡) : 네 필의 수말이라는 뜻으로, 《시경》〈소아(小雅)〉의 한 편명이다. 왕명을 봉행하는 사신을 위로하기 위해 지어진 시이다.

○평(平) 태수 석상에서 정우 임 공에게 화답하다[平太守席上奉酬整宇林公]

노호(鷺湖)[92]

동해의 층층 파도 잠잠해지고	左海層濤晏
부상에 아침 해가 밝게 떴구나	扶桑曉旭明
사신의 배가 일본 땅을 통하였으니	星槎通日域
사절이 강호에 머물렀었네	使節滯江城
멋진 모임 기쁘게 만났었다가	勝集欣傾蓋
가는 깃발 따라가는 떠나는 마음	離魂逐去旌
글자마다 보배로운 여의주 같아	驪珠字字寶
진중하게 깊은 정성 받게 되었네	珍重荷深誠

○대마도 종 태수가 주신 운에 차운하다[奉次宗馬州席上辱示韻]

죽암(竹庵)[93]

화려한 집 훌륭한 모임 열었고	華堂拚勝會
서리 맞은 국화가 자리 비추네	霜菊炤筵明
가을은 깊어서 중양절이요	秋老重陽節

---

92 노호(鷺湖) : 부사 이언강(李彦綱, 1648~1716)의 호이다.
93 죽암(竹庵) : 종사관 박경후(朴慶後, 1644~?)의 호이다.

사람이 모여 들어 불야성이네　人淹不夜城
기쁨을 나누려고 예물 드리고　交懽纔執贄
이별에 슬픈 마음 깃발 따르네　離魂暗隨旌
이제부터 생각나 그리워지면　前後相思處
아름다운 시에서 정성 보리라　佳篇足見誠

○대마 태수의 잔치에 배석하여 세 사신께 드리다[陪馬島太守之宴呈三大官使]

학산(鶴山)

가지런한 잔치 자리 가을 흥취 많이 일고　秩秩賓筵秋興多
늦게 개인 마당 연못 물결이 고요하네　庭池晚霽靜風波
백일홍 빛 구름 멀리 세 별빛이 어리고　紫薇雲遠三星影
푸른 밀감 짙은 정원 사모(四牡) 노래 들리네　翠蜜園濃四牡歌

○평 습유(平拾遺)의 석상에서 학산의 시에 차운하다[平拾遺席上奉次鶴山韻]

죽암(竹庵)

즐거운 모임이 이 밤에 유독 많고　歡會偏於此夜多
숲 가득한 가을빛은 연못 물에 어리네　滿林秋影落池波

새 사귐은 미흡한데 외려 이별 재촉하니	新交未洽還催別
시름이 여구(驪駒)⁹⁴ 노래 한 곡조를 일으키네	愁惹驪駒一曲歌

○부사산을 바라보다[望富士山]⁹⁵

죽암도인

우뚝하게 층층 바다 위에 솟아나	突兀層溟上
하늘과 땅 빼어난 기운 모였네	堪輿秀氣鍾
열흘 동안 안개에 가려있는데	一旬晦烟霧
여덟 잎 봉우리는 부용 꺾은 듯	八葉折芙蓉
우뚝 솟아올랐던 건 영황(靈皇)의 시대	崛起靈皇世
부사봉(富士峰)이 이름으로 불리게 됐네	仍名富士峰
호위하여 강호의 가림막 되고	護爲江戶蔽
바다와 산 으뜸가는 진산 되었네	鎭作海山宗
험준하여 북두성을 잡을 만하고	峻可捫星斗
울창하여 칼날을 묶어놓은 듯	森如束劍鋒
산부리는 모든 길의 기반이 되고	根盤諸路勢
연못은 온갖 물길 흘러내리네	池瀉百流淙
반쯤에 깎여있어 뿔을 꺾은 듯	半低疑摧角

---

94 여구(驪駒) : 이별의 노래를 말한다. 고대(古代)에 고별할 때 불렀던 여구(驪駒)라는
  시편(詩篇)이 있었던 데에서 기인한다.
95 부사산을 바라보다[望富士山] : 조진(祖辰)과 화답한 「富士山詩」와 일치한다.

가운데 움푹하여 구멍 뚫린 듯	中窪訝穴胸.
내려 보니 뭇 산들이 부끄러운 듯	俯臨群嶽耻
높게 눌러 큰 파도 세게 치는 듯	高壓大波洶
절벽의 눈 한여름도 물리쳐왔고	壁雪批三夏
언덕 얼음 겨울 몇 번 쌓여온 건가	崖氷積幾冬
신공(神功)[96]은 우 임금의 치수 피했고	神功逃禹鑿
비첩(秘牒)에는 진나라의 봉호 빠졌네	秘牒闕秦封
《부상지》를 옛날에 살펴봤는데	昔覽扶桑志
조화 자취 지금도 엿볼 수 있네	今窺造化蹤
내 갈 길 촉박한 것 안타까워라	恨余行色迫
시인의 지팡이 못 던졌다네	終未擲吟筇

○화운하여 드리다[和奉]

학산

부사산 노래 한 번 불러주시니	一唱富山詠
아름다움 다 보여줘 셋이 답하네	三嘆衆美鍾
맑은 바람 옥 나무에 스치듯 불고	淸風吹玉樹
가을 물에 붉은 부용 솟아올랐네	秋水出紅蓉

---

96 신공(神功) : 『고사기(古史記)』와 『일본서기(日本書紀)』에 나오는 중애천황(仲哀天皇)의 황후로, 『일본서기(日本書紀)』에 따르면 천황과 함께 규슈 지방을 정발하였고, 천황이 급사한 후 삼한을 정벌한 후 귀국하여 응신천황(應神天皇)을 낳았다고 한다. 그런데 문맥상 초대 천황인 신무(神武)의 오기가 아닌가 의심된다.

송자[97]가 멀리까지 노래 전했고 　　　　　宋子遠傳曲

박 공[98]이 봉우리를 가까이 봤네 　　　　朴公近望峰

이웃에 있는 나라 빙례(聘禮) 닦으니 　　隣邦修聘禮

해외에서 문호(文豪)를 우러러 봤네 　　海外仰文宗

우연히 사신 수레 주렴을 걷고 　　　　偶揭星軺箔

다시금 굳센 붓끝 휘둘렀다네 　　　　更揮健筆鋒

시의 근원 아득히 멀리 통하고 　　　　詞源通杳渺

나뉜 물결 불어나 폭포가 됐네 　　　　辨瀾漲懸淙

세월의 수천 가지 생각 품었고 　　　　雲日千般思

고금의 만 권 책이 가슴에 있네 　　　　古今萬卷胸

하얀 눈꽃 고개 높이 우뚝 솟았고 　　雪花巔屹屹

바람소리 울려서 쏟아진다네 　　　　天籟響洶洶

명승지에 풍경을 더하여주니 　　　　名勝增光景

여정은 여름과 겨울 거쳤네 　　　　旅程經夏冬

애오라지 훌륭한 시 잇고자 하여 　　聊將繼高韻

공경히 봉함을 직접 보내네 　　　　敬爲送親封

주옥같은 시문에 감사드리며 　　　　多謝瓊瑤語

영원히 그대 묵적 남겨 두리라 　　　永留翰墨蹤

따라가고 싶어도 땅 줄지 않아 　　　欲隨難縮地

갈피(葛陂)의 지팡이[99]를 얻고 싶구나 　誰得葛陂筇

---

97 송자 : 명(明) 나라 학사 송렴(宋濂)을 가리킨다. 송렴(宋濂, 1310~1381)의 자는 경렴(景濂), 호는 잠계(潛溪)이다. 그의 시 가운데 「부일동곡(賦日東曲)」 10수가 있는데, 그 가운데 부사산(富士山) 절구가 있다. 《羅山文集 卷70 隨筆》

98 박 공 : 종사관 박경후(朴慶後, 1644~?)를 가리킨다.

○학사 이 공께 드리다[奉呈學士李公案下]

복헌(復軒) 산전원흠(山田原欽)[100]

신선 배와 역마에 시인을 태우니	仙査驛馬載詩人
가는 곳곳 이는 흥이 새로움을 알겠네	到處定知發興新
푸른 바다 흰 구름 수많은 경치들	滄海白雲多少景
비단 수에 더하는 건 온정균[101]을 배웠으리	添裁錦繡學庭筠

○삼가 복헌의 시에 차운하다[奉次復軒詞案]

이 붕명

하늘이 장관을 시인에게 맡기니	天教壯觀屬詩人
풍경이 가는 곳곳 특별히 새로웠네	特地風烟到底新
빈 관소에 왕림하셔 나그네 꿈 놀랐으니	虛館枉來驚客夢
베갯머리 찬 울림은 대나무 뻗는 소리	枕邊寒韻立霜筠

---

99 갈피(葛陂)의 지팡이 : 후한(後漢) 비장방(費長房)이 호공(壺公)에게서 신선술을 배운
뒤 죽장(竹杖)을 타고 집으로 날아와 갈피(葛陂) 호수 속에 죽장을 던지니, 그 정령이
청룡(靑龍)으로 화하여 구름 속으로 사라졌다고 한다. 《神仙傳 壺公》

100 산전원흠(山田原欽) : 야마다 겐킨, 1666~1693. 이름은 뇌희(賴熙), 호는 복헌(復
軒)이다. 장문주(長門州) 추번(萩藩)의 번주 모리길취(毛利吉就)가 세자시절 그를 기용
하였다. 유교의 입장에서 동광사 건립 때문에 간언했으나 받아들여지지 않자 28세의 나
이에 자결했다. 1682년 통신사 일행을 만나 시재를 인정받았다.

101 온정균: 溫庭筠, 812~870. 당나라 말기의 시인이다. 염시(艶詩)를 많이 지었으며
사(詞)를 서정시로 끌어올리는 데 중대한 역할을 하였다.

○거듭 앞의 시를 차운해 이 공에게 드리다[重次前韻奉李公]

복헌

이제부터 하늘과 땅 뛰어난 이 인정하니	自是乾坤許俊人
만나 뵌 바른 자리 주옥같은 시 새롭네	雅筵逢接玉篇新
봉황과 참새는 비교하기 어려운 법	鵷鴻弱羽元難較
솜씨 좋게 읊은 시는 노균보다 낫구나	奇弄高吟過露筠

○거듭 복헌 시에 감사하다[重謝復軒詩案]

이 붕명

그대 보고 불현듯 타향 시름 잊었으니	看君頓失客中愁
옥설 같은 맑은 의표 세속을 벗어났네	玉雪淸標拔俗流
이국에서 마주친 건 하늘의 배려이니	異域萍逢天借便
시 주머니 든 풍월로 서로 수창 허락하네	錦囊風月許相酬

그대의 나이가 아직 어린데도 새로운 시어와 기묘한 필치가 무리 가운데 뛰어나고 세속을 벗어난 것이 사랑스럽습니다. 신선 같은 자태와 옥 같은 골격 또한 강동에서 제일가는 인물입니다. 거친 글을 남겨서 다른 날 얼굴 대신으로 삼으려 하니 아름다운 시로 화답해주기를 바랍니다. 임술년 중추 한주거사(漢州居士) 붕명 쓰다.

○차운하여 한주 공께 드리다[次韻奉漢洲公案下]

복헌

새로운 시 눈에 들어 내 시름을 깨뜨리니	新詩入眼破吾愁
웅심하여 배움 다한 부류임을 알겠네	料識雄深極學流
연석(燕石)[102]은 신주 싸는 물건이 아니라서	燕石元非韜藉物
연성(連城)의 흰 구슬[103]을 응대하기 어렵네	連城白璧竟難酬

○삼가 복헌에게 드려서 화답을 구하다[奉呈復軒要和]

성 취허

재주 많은 서기는 진림(陳琳)[104]과 비슷하고	翩翩書記侔陳琳
밝기가 바다에서 나온 산호 같구나	皎若珊瑚出海心
홀연 가마 마주쳐 눈인사 먼저 하니	忽遇華軒先目擊
담소하며 길고 짧은 시 읊어도 괜찮으리	不妨談笑短長吟

102　연석(燕石) : 연산(燕山)에서 돌로 옥(玉)과 흡사하게 생겼다. 보잘 것 없는 물건을 가리키는 말로 사용된다.

103　연성(連城)의 흰 구슬 : 전국 시대 때 진(秦)나라 소왕(昭王)이 15성(城)과 바꾸자고 청했던 조(趙)나라 소장의 화씨벽(和氏璧)을 가리킨다.

104　진림(陳琳) : ?~217. 동한 광릉(廣陵) 석양(射陽) 사람으로 자는 공장(孔璋)이다. 문장이 뛰어나 일찍이 원소(袁紹)를 위해 조조(曹操)의 죄상을 문책하는 격문을 지었는데, 원소가 패하여 조조에게 돌아가니 조조는 그 재주가 아까워 죄를 주지 않고 기실(記室)을 삼았다 한다. 《三國志 卷21 陳琳傳》

○삼가 취허 공이 보여준 시에 이어서 드리다[奉賡翠虛公見示韻]

복헌

훌륭한 시 한 편은 옥구슬과 맞먹고	一章高詠等琅琳
반복해서 읽으니 걸출한 맘 보이누나	圭復正看英傑心
등용문 오늘 오른 나이 어린 나그네	今日攀龍少年客
맑은 모습 뵈오니 시 짓기가 어려워라	拜觀清采不堪吟

○또 한 수를 복헌에게 드리고 화답을 구하다[又贈一首復軒求和]

취허

난성(蘭成)의 석책(射策)보다[105] 한 살이 더 많고	添一蘭成射策年
고운 자태 바른 의표 그야말로 시선(詩仙)이네	英姿雅望定詩仙
십주의 옥 나무와 삼신산에 뜬 달에	十洲琪樹三山月
그대 함께 마땅히 백 편 시를 지어야지	與子端宜做百篇

---

105 난성(蘭成)의 석책(射策)보다 : 15세를 가리킨다. 난성은 북주(北周) 때 사람 유신(庾信)의 어릴 적 자이고, 석책(射策)은 한나라 때 과거시험의 일종이다. 유신은 학문이 뛰어나 15세 때 소명태자(昭明太子)의 시독(侍讀)이 되었다. 오매(吳梅)의 「신양제하대하집(信陽題何大夏集)」 시에 "석책하여 조정에 들어가던 날 난성이 가장 젊은 나이였지.[射策承明日, 蘭成最年少。]"라고 하였다.

○삼가 취허 공이 거듭 보여주신 시에 화운하다[奉和翠虛公重示韻]

복헌

기쁘게도 맑은 모습 뵙게 된 임술년에	喜見淸容壬戌年
부끄럽게 이 약질로 시선을 접대했네	愧將弱質接騷仙
서로 만나 말 다르다 안타까울 까닭 있나	相逢何恨聲音異
심정을 말하는 데 절묘한 시 있는 것을	言道心情有妙篇

공의 시에서 난성(蘭成)이라 칭찬을 받으니 기쁨을 어찌 감당하겠습니까?

성 학사께

조선의 풍모와 인물 문재가 중국에 손색이 없다 들은 적이 있습니다. 지극히 비루한 제 생각에, 조선의 인물을 보고 조선의 문장을 엿보아 묵은 병폐를 질정하기를 희망합니다. 제 성은 산전(山田), 자는 원흠(原欽), 이름은 희(熙)이고, 일본 주방주(周防州) 출신입니다. 어려서 학문에 뜻을 가졌습니다만 체질이 연약하여 길에 나서지 못하니 성공하지 못할 것이 늘 걱정이었다가 우연히 이 모임에서 여행을 떠나오신 분들을 만나게 되었습니다. 공 등은 귀국 대왕의 명령을 받고 사신을 따라 우리 조정에 오셨는데, 머무시는 사이에 제가 직접 만날 수 있게 해주시고 문장을 보여주셨습니다. 비록 옥수(玉樹)에 기댄 겸가처럼[106] 부끄러움이 없지 않습니다만 이 역시 일생의 큰 행운이라 시로 진술하지 않을 수 있겠습니까? 거듭 절구 한 편을 지어서 보여드립니다.

부상의 동쪽 경계 하늘과 통하는데	扶桑東界與天通
문채 나는 손님이 바다 건너 찾아왔네	文客尋來度海風
깨끗하고 맑은 의표 소문 듣던 대로이고	氷鑑淸標素聞譽
게다가 신들린 붓 명홍(冥鴻)[107]을 따르네	剩觀神筆逐冥鴻

성 학사가 필담으로 나의 성명을 물었기에, 이 시에 서문을 써서 보였다.

○삼가 복헌의 시에 차운하다[謹次復軒示韻]

취허

내가 동도(東都)에 들어와 날마다 사람들을 만나 많은 선비를 이미 관소에서 만났다. 그리고 태평한 시대에 훌륭한 인재들이 많이 있는 것에 깊이 감탄하였다. 뜻밖에 얼마 전 복헌공이 내 처소를 방문하였는데, 한 번 보고는 옥설(玉雪) 같은 얼굴에 비단 같은 마음을 지녔음을 알았다. 게다가 창화를 할 때 나는 듯 붓을 움직이니 이른바 내용과 형식이 잘 어우러진 군자라 할 만하였다. 나이가 16세라고 하니,

---

106 옥수(玉樹)에 기댄 겸가처럼 : 겸가(蒹葭)와 옥수(玉樹) : "겸가의옥수(蒹葭倚玉樹)"에서 온 말로, 갈대 같이 변변치 못한 인물이 옥 나무처럼 훌륭한 인물에게 의지한다는 뜻이다. 《世說新語箋疏 下卷上 容止》

107 명홍(冥鴻) : 하늘 높이 나는 기러기로, 재주가 뛰어난 사람을 비유하는 말이다.

숙성하여 무리 가운데 빼어난 사람이라 할 만하였다. 또 장문주(長門
州) 태수가 제대로 된 인재를 서기로 얻었다는 것을 알았다. 이에 내
게 보여준 아름다운 시에 차운하여 화답한다.

만 리 길에 신선 배가 동해로 통하여	萬里仙査左海通
반가운 눈 크게 뜬 곳 고풍에 읍하네	靑眸開處揖高風
영재의 성취를 내 어찌 헤아리랴?	英才成就吾何測
큰 기러기 나란히 날 큰 업적을 보게 되리	偉績將看竝大鴻

○삼가 창랑 홍 공께 드리다[奉呈滄浪洪公]

복헌

언어가 달라서 안타깝긴 하지만	言語相違雖有恨
만나보니 회포 풀어 기뻐할 만하다네	接眉可喜得伸懷
다른 나라 같은 취향 이 좋은 모임에서	殊邦同趣玆良會
못난 시를 대각에 드리는 것 허락했네	許把微詞薦閣臺

○차운하여 복헌 수재에게 드리다[次贈復軒秀才]

창랑

이국에서 우연한 모임이 신기하고	異邦萍水眞奇會
시구로 마음속을 설명해도 괜찮네	詩句猶能當說懷

어찌 하면 그대와 한만 따라 노닐며[108]　　　　　安得與君游汗漫

바다와 산 가는 곳곳 누대를 읊을까?　　　　　　海山隨處詠樓臺

내가 관소에 있을 때 어떤 소년이 만나러 왔는데, 미목이 수려하고 태도가 단아하여 완연히 선계에 있는 사람 같았다. 속에 든 것을 살펴보면 수놓은 비단이나 귀한 옥 같았고, 놀리는 붓 솜씨를 관찰하면 곁에 사람이 없는 듯 손에 맡겨 휘두르니, 기이한 인재였다. 소년이 터득한 것이 벌써 이와 같으니 훗날의 성취를 헤아릴 수 있겠는가? 시를 지어 내게 주어 내가 즉시 차운하여 준다. 그리고 몇 마디를 종이 끝에 적어 그의 재주에 대해 말하고 아울러 장문주의 태수가 제대로 된 인재를 얻었음을 축하한다. 임술년 중추 창랑이 붓을 달려 쓰다.

○석상에서 붓을 달려 복헌이 창랑에게 드린 운에 화운하다 [席上走和復軒見呈滄浪韻]

송계(松溪)

손님 계신 관소에서 얼마나 수창했나?　　　　　賓賓館裏幾酬唱

백 년 만에 오늘 와서 회포를 잘 풀었네　　　　　百年今日開好懷

영재를 낯선 이역 파견하게 된다면　　　　　　　若遣英材生異域

108　한만 따라 노닐며 : 노오(盧敖)가 북해(北海)에 노닐다가 몽곡산(蒙穀山) 꼭대기에서 한 선비를 만나 벗하려 하였는데, 그가 웃으며 "나는 남쪽으로 망량(罔兩)의 들판에서 노닐고 북쪽으로 침묵(沈默)의 고을에서 쉬며 서쪽으로 요명(窅冥)의 마을을 다 다니고 동쪽으로 홍몽(鴻濛)의 앞을 꿰뚫고 구해(九垓)의 위에서 한만(汗漫)과 노닐려 하오." 하고는 팔을 들고 몸을 솟구쳐 구름 속으로 들어갔다고 한다. 《淮南子 進應訓》

왕양노락¹⁰⁹ 같은 이도 하인 삼게 되리라 　　　王楊盧駱亦輿臺

○창랑에게 바친 내 시에 화운한 송계의 시에 이어서 드리다[賡奉松溪見和予進滄浪韻]

복헌

높은 재주 만나는 것 평소 내 소원인데 　　　相見高材吾素志
좋은 소개 힘입어 마음을 통하였네 　　　依因好介得通懷
관소의 훌륭한 시 진정으로 귀하니 　　　館中佳句眞應貴
말과 뜻이 모두 다 층층 옥대 같구나 　　　語意都同層玉臺

송계(松溪)는 바로 대마도 태수의 유신(儒臣)으로 조선 손님을 접견하도록 인도하는 사람이다. 역시 창화하는 자리에 있었기 때문에 이와 같이 쓴 것이다.

○9월 2일 한객과의 수창[韓客酬唱]

○비가 오는 가운데 취허 성 공의 여관을 방문하다[雨中訪翠虛成公旅館]

복헌

가을 날 차가운 비 시흥을 부추기니 　　　秋日雨寒催興來

---

109 왕양노락(王楊盧駱) : 당나라 초기 측천무후(則天武后) 때 사재자(四才子)로 일컬어지던 왕발(王勃), 양형(揚烱), 노조린(盧昭隣), 낙빈왕(駱賓王)을 가리킨다.

깨끗한 시경이 정원 안에 가득하네	蕭然詩景滿庭涯
놀라 깨서 주공이 떠나갔다[110] 싫어 마오	莫嫌驚起周公去
인걸 자주 뵙고 싶은 견식 짧은 사람이니	陋識頻要接傑才

○붓을 달려 복헌의 시에 차운하다[走次復軒示韻]

취허

옥 나무 같은 풍모 비를 띠고 왔는데	玉樹風姿帶雨來
반가운 눈 마주하니 기쁨은 끝이 없네	靑眸相對喜無涯
화려한 집 손을 잡고 맑은 시를 기약하니	華堂握手期淸唱
불세출의 동도 인재 다시 시험 해보네	更試東都不世才

○또 복헌에게 주고 화운시를 바라다[又贈復軒要和]

같음

웅장한 도시에 거벽이 운집하나	雄都巨擘儘如雲
뛰어난 공의 재주 제일로 사랑하네	最愛公才自不群
어린데도 나라 선비 뛰어넘는 명성에	少行盛名超國士

---

110 주공이 떠나갔다 : 잠을 깬 것을 가리킨다. 《논어》〈술이(述而)〉에 "심하구나, 내
쇠약함이여! 오래 되었도다, 내 꿈에 주공이 다시는 보이지 않는 것이![甚矣, 吾衰也!
久矣, 吾不復夢見周公!]"라고 탄식한 공자의 말에서 연유한 표현이다.

강동의 심휴문(沈休文)[111]을 만난 것이 기쁘네   悅逢江左沈休文

○삼가 취허 성 공이 보여주신 시에 화운하다[奉和翠虛成公示韻]

복헌

아득히 푸른 바다 구름 낀 만 리 길에   渺渺蒼溟萬里雲
군계일학 난새를 본 것이 기쁘네   喜觀鸞鶴不雞群
밝으신 안목으로 칭찬하니 부끄럽고   却慚明鑑枉褒譽
짧은 재주 고문을 어찌 해독하리오?   才短安能解古文

○삼가 학사 이 공께 드리다[奉呈學士李公案下]

복헌

재주 학력 높은 경지 이른 것을 벌써 봤고   已觀才力到高深
붓 대니 먹 흔적이 용이 읊을 것만 같네   筆落墨痕龍欲吟
주옥같은 시를 얻어 고금을 밝히려니   願得瓊章煥古今
나를 위해 가시 잘라 야윈 마음 적셔주오   爲我翦棘潤枯心

---

111 심휴문(深休文) : 심약(沈約, 441~513)으로, 자는 휴문(休文)이다. 남조 때 문학가이다. 어릴 때부터 학문을 좋아하고 여러 서적들에 밝았으며 시문에 특히 뛰어났다. 송(宋), 제(齊), 양(梁) 세 왕조에서 벼슬을 하였다.

○붓을 달려 복헌 수재에게 감사하다[走謝復軒秀才]

붕명

손을 잡고 만난 자리에 정과 재미 깊은데	握手逢場情味深
가을비 오는 객창 한가로이 함께 읊네	客窓秋雨共閑吟
내일 아침 헤어진 뒤 슬픔을 이기랴?	明朝別後堪惆悵
거친 시를 써내서 내 마음을 드리네	爲寫荒詞贈我心

○외람되이 세 운을 써서 복헌에게 드리다[用塵三韻呈復軒案]

붕명

가을 매가 날개 펴고 높은 하늘 올라가니	秋鷹整翮九霄雲
무리 속에 빼어난 신선 자태 아끼노라	爲愛仙姿逈不群
백설 양춘 같은 시는 화답할 이 적을 테고	白雪陽春誠寡和
해동의 천년에 규문성이 빛나리라	海東千載耀奎文

○차운하여 복헌 수사(秀士)에게 주다[次贈復軒秀士]

창랑

그대 고운 시가 많고 필력은 구름 뚫고	多君麗藻筆凌雲
세상 보는 높은 안목 생각도 뛰어나네	高視乾坤思不群
만나자 곧 내일이 이별임을 알았지만	邂逅卽知明日別

우선 담소 나누며 문장 함께 논하리　　　　　　　　且將談笑共論文

○거듭 앞의 운을 차운하여 창랑 홍 공에게 드리다[重次前韻奉和滄浪洪公]

복헌

말씀 뜻은 높은 누각 구름 높이 솟은 듯　　　　語意岑樓高出雲
탁월한 풍격 절로 무리를 뛰어 넘네　　　　　　卓然風格自超群
만나서는 오히려 이별할 일 헤아리니　　　　　相逢料得還相別
짧은 시간 아끼며 문장 함께 얘기하네　　　　愛惜寸陰共道文

○석상에서 취허·한주·창랑 세 현인에게 드리다[席上贈翠虛漢洲滄浪三賢] 한주(漢洲)는 곧 봉명이다.

복헌

만나서는 곧바로 이별이라니　　　　　　相見便相別
잠깐 동안 학 무리에 속에 들어갔었네　　暫時入鶴群
어느 해나 다시금 얼굴 대할까?　　　　　何年重對面
좋은 구절 일부러 달라고 하네　　　　　　好句故勸君
황하와 한수에 밝은 달 같고　　　　　　　河漢同明月
동쪽 서쪽 흰 구름 마찬가지리　　　　　　東西共白雲

좋은 만남 두 번 다시 없을 것이라	良逢眞不再
그리우면 웅장한 글 그저 보리라	須想見雄文

○삼가 취허 성 공께 드립니다[奉呈翠虛成公侍右]

삼가 아룁니다. 저는 전진(澱津)에서 태어났으며, 성은 장강(長岡), 이름은 성일(省一), 호는 원보(元甫) 또는 귤헌(橘軒)이라고 합니다. 큰 사신께서 동도(東都)에서의 의전을 마치고 서경으로 돌아오시는데 수로와 육로를 오가면서 험난한 길 안온하셨고 각자 별 일 없으셨다 들었습니다. 국가의 경사이고 골목마다 기쁜 소리가 가득하니 지극히 귀한 일이요, 가상히 여길 만합니다. 제가 본디 성대한 명성에 감복하여 못난 아들을 데리고 왔습니다. 이름은 청(淸)이고 호는 산립(山立)인데, 명함을 가지고 함께 배알합니다. 각각 부채 세 자루를 드려, 제 보잘것없는 정성을 폅니다. 변변찮은 예물이 좋지 않아 부끄러우나, 토산품을 여행길의 선물로 드리니 웃으면서 받아주신다면 매우 다행이겠습니다. 엎드려 관대함을 바라옵니다. 9월 28일. 머리 조아려 절합니다.

○삼가 원보(元甫) 공 사안(詞案)에 감사드립니다[奉謝元甫公詞案]

저는 얼마 전 통신사의 일 때문에 만 리 먼 큰 바다를 건너 대판성 가에 배를 대었습니다. 여관에서 머무는 사이 **빽빽**하게 앉아 있는 많은 사람에게서 귀하의 이름을 듣고서 어르신의 풍격을 자세히 안 지 오래 되었습니다. 뜻밖에 높은 분께서 몸소 나그네의 거처를 들려주시어, 한 번 모습을 뵙고 쉽게 얻을 수 있는 일이 아님을 알게 되었습니다. 아름 다운 시와 담박한 마음이 다른 사람들보다 뛰어나시어, 저도 모르게 기 뻐하였습니다. 더욱이 한 자짜리 아름다운 문장이 사람의 눈을 비추고 종이 가득한 말뜻을 제게 정성스럽게 보여주시고 곡진한 깊은 정으로 험한 길을 오가는 나그네 심정을 위로해 주시는 데이겠습니까. 이미 너무 죄송한데, 더하여 귀한 자제분을 데리고 명함을 가지고 함께 와주 셨으니, 역시 너무 송구스럽습니다. 아울러 도야한 위의와 본받을 모범 을 대하니 다행함을 헤아릴 수 있겠습니까? 또 가지고 오신 선물인 부 채 여섯 자루는 실로 꿈도 못 꾼 일입니다. 감사히 받겠습니다. 임술년 늦겨울에 성완(成琓)이 삼가 답장을 드립니다.

○성 진사 안하에 드리다[奉呈成進士案下]

굴헌(橘軒)[112]

이역에서 만났으니 영화로운 일이고   異域相逢眞世榮
글로 써서 마음 통해 시맹을 맺었네   通情心畫結詩盟

---

112 굴헌(橘軒) : 십원원보[辻原元甫, 쓰지하라 겐포, 1622~?]로, 이세(伊勢) 상명 번
    (桑名藩)에 번유(藩儒)로 있었다. 번주가 죽은 후 가명초자(假名草子)를 집필하며 한학
    을 강의하였다. 이후 산성(山城) 정 번(淀藩)의 번유(藩儒)가 되었다. 통신사를 만난 것
    은 이 때이다.

가을날에 다행히 온화한 얼굴 있어　　　　　　　　秋天幸有溫顏在
앉자마자 봄바람이 못난 나를 위로하네　　　　　　坐了春風慰鄙生

○붓을 달려 귤헌의 시에 차운하다[走次橘軒示韻]

취허(翠虛)

뛰어난 재주 만나 천고의 행운이니　　　　　　　　宏材千古比幸榮
문장의 동산에서 문장 맹약 다졌네　　　　　　　　翰苑曾堅墨子盟
낙양성의 반가운 눈 꿈인 듯 싶은데　　　　　　　　洛下靑眸眞一夢
붓으로 쓴 훌륭한 시 못난 서생을 일깨우네　　　　筆端佳句起鰌生

○삼가 학사 성 공께 드리다[奉呈學士成公梧右]

산립(山立)이 드리다

서쪽으로 돌아가다 낙양 머문 조선 손님　　　　　韓客西歸休洛城
높은 의표 우러르며 해바라기 몇 번인가?　　　　高標景仰幾葵傾
기쁘게도 통역 대신 필담으로 얘기하니　　　　　堪欣筆舌代鞮語
이국땅 같은 문자 태평성대 덕분이네　　　　　　殊域同文本太平

○삼가 산립의 시에 차운하다[奉次山立示韻]

취허

나그네가 관동에서 봉성(鳳城)에 와 머무는데	客自關東駐鳳城
쓸쓸한 절에서 우연한 처음 만남	忽逢蕭寺盖初傾
양춘곡 한 곡조로 경탄하게 만드니	陽春一曲能驚我
무엇하러 예정평(禰正平)[113]에 문채를 사양하리?	文釆何辭禰正平

○그냥 절구 한 수를 지어 첨정(僉正) 홍 공께 드리다[漫裁絕句一章呈僉正洪公座下]

굴헌

이역에서 맹약 닦고 북쪽 바다 돌아가니	異域修盟歸北溟
먼 여정에 침식이 평안하길 비노라	遠遊可賀匕茵寧
자리 가득 오늘 모인 현명한 인재들에	滿堂今日諸賢聚
사신 별이 원래부터 덕성(德星)임을 알겠구나	知是使星元德星

---

113 예정평(禰正平) : 예형(禰衡, 173~198)으로 자는 정평(正平)이다. 삼국시대 인물로, 담력과 국량이 뛰어났다. 공융(孔融)이 동한(東漢) 때 공융(孔融)은 예형(禰衡)의 문재(文才)를 대단히 아낀 나머지, 자신은 40세이고 예형은 겨우 20여 세였지만 마침내 교우(交友)하여 친하게 지냈고 조조에게 추천하였다. 《後漢書 卷80下 文苑列傳 禰衡》

○즉석에서 붓을 달려 귤헌의 시에 차운하다[卽座走次橘軒示韻]

홍 창랑

사신 배는 큰 바다로 이제 돌아가려는데	仙槎今欲返滄溟
나랏일이 너무 바빠 편안한 겨를 없네	王事極遑不暇寧
우연히 서로 만나 담소를 나눈 곳	忽漫相逢談笑地
그대 집에 저절로 문성(文星)[114] 둘이 있겠구려	君家自有兩文星

○갑자기 시 한 편을 지어 창랑 홍 공에게 드리다[卒綴一詩呈滄浪洪公机右]

산립이 드리다

귀한 손님 무관이라 일찍이 들었는데	嘉賓曾聽武科官
내 마음 놀란 문재 생각이나 했으랴?	豈意文才驚寸丹
풍백(風伯)이 호위하라 사신 배 축수하니	爲祝星槎風伯護
삼한으로 돌아가는 영광의 길 잔잔하리	榮旋波穩入三韓

---

114 문성(文星) : 문창성(文昌星) 또는 문곡성(文曲星)이라 하는데, 문운(文運)을 맡은 별이라고 한다.

○산립(山立)의 시에 차운하다[次山立示韻]

창랑 쓰다

동쪽 온 배 오월에 막부에 폐 끼치고	五月東槎忝幕官
돌아올 때 단풍잎이 붉은 물이 들려 하네	歸時楓葉欲凋丹
서경은 본래부터 문명의 땅이니	西京自是文明地
눈 비비며 오늘 아침 한 형주를 알게 됐네[115]	拭目今朝幸識韓

○파인(巴人)[116] 한 곡조를 다시 불러 취허(翠虛)·창랑(滄浪) 두 분의 아름다운 화운시에 감사하다[再唱巴人一曲呈翠虛滄浪兩雅公奉謝芳酬]

산립

주옥같은 화운시 다 기묘한 솜씨라서	高和聯珠俱妙工
읊는 옆에 소매 걷고 영웅호걸 기록하네	吟邊歛袂記豪雄
반강(潘江)과 육해(陸海)[117]로 나뉘어진 두 물줄기	潘江陸海分雙派

---

115 한 형주를 알게 됐네 : 이백(李白)의 《여한형주서(與韓荊州書)》에 "생전에 만호후에 봉해질 필요 없이 오직 한번 한 형주를 만나고 싶네.[生不用封萬戶侯, 但願一識韓 荊州。]"라고 하였다.

116 파인(巴人) : 파(巴)지방 사람. 전하여, 시골 사람, 비속한 사람으로 자신에 대한 겸사.

117 반강(潘江)과 육해(陸海) : 서진(西晉)의 대표적인 문학가 반악(潘岳)과 육기(陸機) 의 뛰어난 재주를 비유한 말이다. 종영(鍾嶸)의 《시품(詩品)》에 "육기의 재주는 바다와 같고 반악의 재주는 장강과 같다[陸才如海, 潘才如江。]"라고 품평한 말에서 연유하였 다.

세찬 물결 일으키며 일동(日東)으로 들어가네　　　　漲起波瀾入日東

○또 산립이 보여준 시를 따라 _{창랑}

붓끝의 기묘한 말 하늘 솜씨 빼앗았고　　　　毫端妙語奪天工
흥취는 맑고 깊어 격력(格力)이 웅장하네　　　　興趣淸深格力雄
부자(父子) 모두 이처럼 시 잘하니　　　　父子能詩俱若是
명성이 이로부터 하늘 동쪽 가득하리　　　　聲名從此滿天東

○뒤늦게 취허 공께 아룁니다[追啓翠虛公机下]

오늘 이역(異域)에서 자리를 같이 하니, 진실로 세상에 드문 좋은 인연입니다. 하루아침에 헤어지면 위수강운(渭樹江雲)[118]은 어찌해야 할까요? 비록 떠날 날이 닥쳐서 분주한 공무를 방해할까 걱정스럽습니다만 큰 붓을 다시 휘둘러 화운시를 내려주신다면, 흰 구슬 한 쌍 같은 화운시를 소매에 넣고 돌아가서 훗날 정신으로 사귄 분의 얼굴 대신으로 삼고자 합니다. 바라건대 그대는 생각해 주십시오.

118　위수강운(渭樹江雲) : 벗을 간절히 그리워하는 마음을 뜻한다. 두보(杜甫)가 이백(李白)을 그리워하면서 지은 〈춘일억이백(春日憶李白)〉에 "위수 북쪽엔 봄날 나무, 강동에는 저문 구름.[渭北春天樹, 江東日暮雲。]"이라 하였다.

○대답 드립니다[答]

지금 사신께 아뢸 일이 있으니, 다음 날 다시 만나 못 드린 화운시에 대해 살펴보도록 합시다.

和韓唱酬集　首

【同】　　　益亭【橋本元長】

【同】　　　誠齋【三宅堅恕】

【相國寺】　玄機【大方】

【同】　　　玄緣【別宗】

【京】　　　竺嶺

【江戶】　　貞幹【木下順菴】

【大坂】　　遜宇【三宅元孝】

【同】　　　淑愼【三宅道達】

【同】　　　梅隱【淺野新五郎】

【同】　　　近信【舟木立敬】

【同】　　　養朴[1]

【京】　　　順宣【原田氏】

【同】　　　菊潭【木下寅亮】

【同】　　　東庵【青木氏】

【備前】　　正義【小原善助】

【大德寺】　覺印【義諦】

【京】　　　滄洲【向井小三次】

【同】　　　富春【星野應奎】

【同】　　　三恕【田村氏】

【同】　　　震澤【柳川順剛】

【江戶】　　晚節齋【板坂爲篤】

目錄畢。

---

1 "朴": 底本에는 "專"으로 되어 있으나 인명에 따라 "朴"으로 고침.

○《天和二年壬戌七月十八日先到于<u>大坂</u>待三使來同二十六日三官使船著岸翌日二十七日到于大廳初會于三使呈川八一章絕句三篇》

東福寺 祖辰

難波津上企望久，一見清容甚慰情。含尾千艘凌海角，摩肩高駕向江城。旗旄映水龍蛇動，笙笛徹雲鸞鳳鳴。珍重善隣通使節，佳期更有錦旋榮。

○《正使》

執圭萬里信音通，榮奉瞻望第一功。自是公程忘殘暑，兩邦清靖扇仁風。

○《副使》

祥飆護送錦帆開，玉節搖光天外來。何異皇華使臣燕？瓊筵我亦喜追陪。

○《從事》

遠從公事渡滄溟，況又東關長短亭？客路艱難君勿厭，由來重寄屬英靈。

○《和》正使

彩舟同艤浪花渚，勝地風光慰客情。萬疊秋山圍淨界，千重瀛海抱層城。琳宮清夜成良晤，禪月佳篇最善鳴。自是生平窮壯觀，卽知隨處使華榮。

《同》仝

才別琴聰遇道通，周旋翰墨信多功。<u>西河</u>拭玉吾何敢，惟採民謠載《國風》。

《同》副使

跋涉長途萬里行, 山川聊慰遠游情。仙槎直渡銀河水, 使節初停<u>大坂城</u>。憐我形容爲客久, 羨君才調以詩鳴。鄰邦友好期千祀, 玉帛登壇與有榮。

○《同》同

青眸爲向祖師開, 迎我辛勤遠道來。賓主禮成傾蓋地, 一場談笑許相陪。

○《同》從事

征塵隨處滯行程, 虛館悄然惱客情。隔海歸魂迷故國, 逢秋羈思倚層城。幾時鴻雁傳書至, 永夜蟪蛄掛壁鳴。强遣鄕愁仍自慰, 遍游桑域亦君榮。

○《同》同

遠隨帆影度層溟, 更駕星軺問驛亭。萬里歸來無險阻, 此身終是荷君靈。

○《贈成琬<u>學士</u>》祖辰

久懷慕藺渴心頻, 幸得識荊情更親。名擢高科功盖代, 胸蟠萬卷闊無津。紅評紫論回天筆, 玉應金春席上珍。欲問翰林風月事, 何時一洗耳根塵?

○《和》成琬

最愛高才等<u>李頻</u>, 情非貌敬已心親。客行並到<u>蜻洲</u>境, 錦纜同維<u>浪速津</u>。筆勢屢驚<u>吳下</u>作, 珠篇幾擲掌中珍。修隣廣濟眞餘事, 願取曹溪洗濁塵。

○《富士峰》【二首呈三使】祖辰

東方巨鎮富慈峰，詩客從來比岱宗。今日山靈如有意，一斑留雪爲
君供。

○《又》全

斫額士峯前，喜晴近午天。絶巓無九夏，積雪幾千年。聳翠銜紅日，
和光生紫烟。景濂題句後，今又有羣賢。

○《和》正使

地湧浮天萬仞峰，日東雄鎮此爲宗。金華大史曾題品，物色分留一
半供。

○《同》同

岩嶤大陸前，雄勢蹩蒼天。護藥雲千古，排炎雪萬年。奇峰曾拔地，
神穴或生烟。永鎮扶桑界，時多産儁賢。

○《同》副使

蓮華八葉聳奇峰，雄峙東方衆嶽宗。聞積氷猶未解，斫來堪作玉壺供。

○《同》全

特立勢無前，嶕嶢更挿天。名標太史筆，地拆孝皇年。陰洞恒留雪，
晴峰乍捲烟。扶輿清淑氣，往往産林賢。

○《同》從事

岫屼雲間八葉峰，關東形勝此爲宗。風烟萬古需詩料，長向騒人筆
下供。

○《同》仝

晴峰當馬前, 劍戟挿空天。特地成旬日, 層氷積幾年? 奇葩纔吐蘂,
眞面半籠烟。過客沈吟望, 佳篇愧昔賢。

○《同》滄浪子

八葉開成白丈峰, 高標屹作海山宗。雲烟朝暮多奇態, 好入騷入筆
底供。

○《同》仝

突兀驛程前, 危峰挿半天。雄盤鎭此地, 崛起在何年? 顥氣凝成雪,
祥光散作烟。揭來增物色, 題品得諸賢。

○《清見寺》【呈三使】【此地古有靑見關】祖辰

逐隊隨行不負公, 江山數盡海之東。太平寰宇無關鎖, 淸見前頭活
路通。

○《和》正使

蓮社高名後遠公, 豈知相過大瀛東? 肩輿千里同游處, 遙望淸河驛
路通。

【副使、從事二員, 無和乃辭云: "淸見寺行忙, 未及見徐待, 歸時步呈耳。"云云。雖言如是,
後亦無和。】

○《富士山詩》【十二韻。求太虛、梅山兩東堂, 小山朝三幷予和。】從事

突兀層溟上, 扶輿秀氣鍾。一旬晦烟霧, 八葉折芙蓉。崛却高皇世,
仍名富士峰。護爲江戶蔽, 鎭作海山宗。峻可捫星斗, 森如束劍鋒。根
盤諸路勢, 池瀉百流淙。牟低疑推角, 中窪訝宂胸。俯臨群嶽恥, 高壓
大波洶。壁雪批三夏, 崖氷積幾冬? 神功逃禹鑿, 秘牒闕秦封。昔覽

《扶桑志》, 今窺造化蹤。恨余行色迫, 終未擲吟笻。

○《和》 祖辰

富士爲公容, 淸手殊愛鍾。欲模靑箬笠, 作樣玉芙蓉。湧出傳千古, 魁奇壓萬峰。名區雖無數, 維岳是其宗。官使題唐律, 毫端淬晋鋒。卷舒風凜凜, 吟詠水淙淙。因賜珠璣麗, 樂看錦繡胸。山靈彰喜色, 河伯衆流洶。麓跋扈三國, 雪留與一冬。登臨知魯小, 至祝擬華封。何幸從英俊? 襪才愧比蹤。星軺暫停處, 膽仰博望笻。

○《富士歌》【五七言長短二十五句示予求和】成琬。

富士在何處? 乃在三州間。其山曰蓬萊, 浮空積翠開煙鬟。連峯疊嶂聳重霄, 上有神穴淑氣往往通帝座。天挺蓮花森八朶。時看最高處, 白日生紫烟。紫烟靑靄活畵中, 萬古秀色直拍蒼龍躔。蒼龍七宿隱復現, 挿月喬林壓層巓。頭上何所載? 六月積雪白皚皚。脚下何所生? 萬頃明湖鏡面開。群崖怒瀑雷大壑, 挹虹長川宇宙來。仰視頂戴九天盖, 俯瞰根盤六鰲背。玉樹光搖暘谷底, 琪花影落扶桑外。赤松 安期若可招, 指點𡿨岑雲靉靆。徐福祠前一長嘯, 秦童五百今何在? 今何在? 瑤草萋萋愁翠黛。生平宿願忻始副。意馬奔騰跨汗漫, 身隨玉節未遂一徙倚兩腋恨之生羽翰。但將新詩賀山靈, 蝶夢夜入瓊林塢。磈磊胸襟氣不平, 幸爲南宗輸傑句。南宗韻釋富文詞, 綺語曾見菩提樹。域外新交樂莫樂, 客懷暫向吾師吐。吾師自是徹碧雲, 跡遍名區同逸趣。優游象外我亦謝康樂, 好水佳山任閑步。歸時倘許共陟彼, 更繼擲地金聲孫綽天台賦。

【楮尾云。】"大醉中, 未能各呈一本於靈長老、朝小山, 望須同照, 次韻辱示, 如何?"

○《和》祖辰

有山有山名富士, 獨立巍巍宇宙間。形似芙蓉初日麗, 上絹霧鬢與
雲鬢。徃昔光降毘盧尊, 層氷自作白玉座。埋徑五色草千莖, 滿溪四
照花萬朶。瑤林蒙密鎖寒月, 玉洞幽深凝翠烟。向上一路人難到, 追
攀疑是過星躔。眺望徒覺孤峰秀, 登臨不屑群山巓。爽氣橫秋風淅淅,
嵐光映日雪皚皚。四時美景畫不就, 行人貪看笑顏開。前度諸賢幾題
詠, 千載子雲今又來。山中處處産紫芝, 村民喰之及鮐背。避秦道士
古祠存, 明知徐福游海外。海外通天水渺茫, 空尋雲氣長靉靆。五百
神童多耳孫, 秦氏到今往往在。更因異人弔仙蹤, 山靈亦若顰眉黛。
西海數程窮名區, 東關千里足游觀。適示高歌欲乃賡, 禿毫濡滯墨爛
漫。特爲學士道義深, 勉强我亦染柔翰。公是當年蘇氏徒, 口吻生花
藏春塢。繡腸織出露錦心, 謏薄何以酬新句。感恩菅蒯同絲麻, 堪愧
蒹葭倚玉樹? 騷人已自患才多, 萬斛明珠不壓吐。江山有助新詩奇,
每逢佳境卽成趣。野衲幸得文翰林, 恰如駑駘學騏步。今代誰是選爛
才? 成公續得三都賦。

○《重陽》【呈正使】祖辰

秋風歸思兩相催, 旅館蕭森對菊開。近得故園書信否? 叫雲新雁亂
飛來。

○《同》【呈副使】仝

梯山航海到天涯, 偶逢佳節賞菊花。客裡高吟摩詰句, 異鄉今日須
思家。

○《同》【呈從事】同

忽見秋風東海濱, 歸心方切上邦賓。滿城冠盖儼公禮, 萬里星槎感

善隣。愧我踈慵耐何爲? 思君詩語屢驚人。今朝難得登高會, 惟採菊花酬令辰。

○《和》副使

遠客經旬滯海涯, 西風佳節對黃花。愁來不用登高去, 落日孤雲倍憶家。

○《同》從事

佳節今逢寂寞濱, 海天秋色雁初賓。桑鄉在目愁多夢, 藥餌隨身病共鄰。《白雪》誰傳寡和曲, 黃花空傍未歸人。旅窗空負登高會, 強把清樽答此辰。

【正使無和。】

○《江舸卽事》祖辰

爽氣發清興, 行舟好眺望。沙埋堤柳短, 水淺渚蒲長。殘照顯孤郭, 淡雲收夕陽。漁村烟樹裡, 處處漏燈光。

○《和》成琬。

星軺數千里, 平楚入遙望。水接滄溟闊, 山連瑞靄長。高僧逢惠遠, 病驥值孫陽。清製相酬處, 毫端掣夜光。

○《送三使歸》祖辰

雨後清風掃夕霏, 畫船艤待勢如飛。無由館主維蘭槳, 可美高賓著錦衣。今夜送君千里別, 明朝嗟獨上都歸。報言佗日相思處, 對月天涯望德輝。

○《和》正使

旅館寒風暝雨霏，臥聞庭樹洒餘飛。方思韻釋頻欹枕，忽見詩箋遽攬衣。雲隔武陵千里遠，天連滄海一槎歸。莫嗟別後音容阻，明月猶分兩地輝。

○《同》副使

晚來寒雨捲陰霏，帆色迎風儼欲飛。得命長途欣作伴，臨兮一語當留衣。禪筇却向金沙去，使節私隨彩鷁歸。別後相思天上月，迢迢萬里共淸輝。

【楮尾云。】"臨行匆迫，詩不寫懷，尤增悵悵。"

○《同》從事

寺門寥闃鎖烟霏，黃菊花殘南雁飛。夢裡故園迷去路，客中流序換征衣。殊方樽酒忽爲別，萬里滄波愁獨歸。唯有相思西夜月，兩鄕分炤對淸輝。

○《從事示予留別詩》

曾因儐接爲來迎，更逐征麾到此城。疊疊冷襟詩百咏，源源對榻月三盈。東籬菊晚添離恨，西浦潮生催遠行。千里聯鑣同去路，問君何忍獨歸情?

○《和》祖辰

星軺此地喜逢迎，難奈匆忙唱渭城。東道靑山極奇勝，西關明月幾虛盈。節旄旋轉萬艘上，畵錦具瞻千里行。假使英標無忘日，眼前分手豈堪情。

○《送成學士》【再用頻字】同

數面仍忻情話頻，恰如羊胛久弥親。再來此地未黔突，忽動歸橈細問津。雅號洽傳留國史，佳篇永秘爲家珍。慇懃臨別更相約，莫忘東關肥馬塵。

○《和》成琬

千里長亭軟語頻，繾綣情同骨肉親。綠橘陰邊經南岳，黃茅瘴裡過態津。羈懷每吐燈前夜，玅句將饒篋裡珍。惆悵明朝旋作別，百年消息隔芳塵。

○《成學士問予宗系及所居予答以家私仍爲予作此詩》【七言古詩二十七韻】同

日東山河毓秀氣，鼇背靈峰哲峙三。自從天御創業後，幾箇寰中挺奇男。聖師脫出啓禪關，胸間智水何潭潭？西入中原訪徑山，徑山印可承玄談。眼窮大陸三千界，手探祇園五百函。借問徑山是何人？上學六祖追瞿曇。一派曹溪傳正脈，不二門中龍象參。摩尼大珠脫點翳，鏡面定水收風嵐。遂令華嚴十地品，變作三生已夙諳。青鸞却候講琳筵，白猿更窺栖禪龕。倏忽流光歳有七，刻意楞伽如飊甘。無着天親托神交，智顗教論研深譚。歸携寶墨鎭山川，別言內記吾道南。南宗大師卽遠孫，一圓眞如饞似貪。狗子無性頓寤處，卓踞雙林虎視耽。圭峰普德惠休詩，筆與智永爭魯郯。往者恭承大君命，遠迎西使才何慙？揭來水陸三千里，不憚嵆康七不堪。域外新交樂莫樂，君子心情水如淡。路指關東幾驛程，並船連輿淸興酣。村村綠竹間翠杉，處處丹橘交黃柑。短詠長歌輸萬象，詩窖頻經筆舌鏨。習性從知富綺語，麗什惹得幽蘭馣。豈料中逵忽分袂？武陵烟樹催歸籃。幹事旋奏玉宸君, 更臥龍澤舊伽藍。麗藻遙思碧雲師, 別夢長繞桃花菴。丈夫不作兒女悲, 臨歧肯敎雙涕含。

○《奉呈學士李君》高伯順

貴客留連歸國時, 城州山色耐開眉? 波濤萬里同船月, 卽是寺前一舊知。

○《次謝高伯順公》李盤谷

古寺秋風欲暮時, 一床何幸接龐眉。異域相逢眞有數, 不妨芳酒托新知。

○《奉呈滄浪公館下》西峰子 見林

"嘗讀《日本書記》等書, 三韓、扶桑通好尙矣。今幸獲識韓, 賦一絶奉謝。"

繾綣交情北海深, 從來兩地契蘭金。幸爲並坐梵宮上, 別後我何忘德音。

○《走次西峯韻》滄浪子

不論初交意自深, 辨兒一諾重千金。慇懃更有瓊琚贈, 殊勝陽春白雪音。

○《絶句一首呈成翠虛、李鵬溟、洪滄浪》春宗 林鷄峰

萍水相逢文學人, 海東雲物氣淸新。神交不恨語言異, 千里同風德一隣。

○《席上走和林奇童示韻》成翠虛

玉雪英姿第一人, 彩毫揮處墨花新。誠看異日才成就, 麗藻何辭賈

幼隣?

○《次贈林秀才鷄峯》李鵬溟

風儀宛似老成人，示我清篇句語新。奕世家聲知不墜，大名從此播殊隣。

○《席上次韻林鷄峰》洪滄浪

憐渠童稚已成人，眉目清揚氣槩新。文學淵源知有自，異時聲譽動殊隣。

○《鄙絶呈成進士兼洪滄浪》春常 林整宇

文采清儀觀國華，官遊何恨遠離家？銀河流入日東去，星使乘風八月槎。

○《次謝整宇辱贈韻》成翠虛

箕裘門閥勝蕭華，詩禮相承認大家。萍水一逢眞有數，銀河幸得逐仙槎。

○《次奉整宇示案》洪滄浪

愛君詩格極精華，文彩風流繼乃家。此日相逢知有數，西東萬里逐星槎。

○《率呈李進士鵬溟》春常 林整宇

道骨風姿總稱仙，前身知是李青蓮。溟鵬張翼幾千里，搏擊扶桑朝日天。

○《次呈整宇詞案》李鵬溟

身遊十島參群仙, 跡似香山對白蓮。他日相思何處是? 一輪明月海東天。

○《同席裁絕句一章呈成翠虛李鵬溟洪滄浪三雅君》南春菴

沃日摩霄究壯遊, 繡鞍朱轂木蘭舟。料知到底錦囊重, 半閱扶桑六十州。

○《次謝春菴示韻》成翠虛

氣逸盧敖汗漫遊, 心超太乙駕蓮舟。滄溟注硯搏桑筆, 傑句都輪天九州。

○《次奉春菴詞案》李鵬溟

萬里歸來辨勝遊, 坂城西畔暫停舟。神仙若是分明說, 眞箇蓬山卽此州。

○《走次春菴示韻》洪滄浪

涉海眞成汗漫遊, 手携書劍逐仙舟。山河歷盡三千里, 行入繁華第一州。

○《絕句一首呈成翠虛李鵬溟洪滄浪三雅公》坂漸軒

邂逅論文會可嘉, 熙熙丰采淨無瑕。錦帆奉使幾千里, 東海隨流博望槎。

○《次謝漸軒示韻》成翠虛

盖世風流似孟嘉, 從知白璧絕纖瑕。天涯邂逅雙靑眼, 幸賴斯身月一槎。

○《走次坂漸軒詞案》李鵬溟

清標卓犖見堪嘉，揮洒眞如玉不瑕。認得奚囊飽風月，不妨收拾載歸槎。

○《走次坂漸軒惠韻》洪滄浪

賓主交歡禮意嘉，清標玉立絶纖瑕。尊前不覺身爲客，海上初停漢使槎。

○《謹呈整宇公詞案》成翠虛

羅山文譽飽曾聞，今日傳家又有君。一見清標知不俗，彩毫揮處氣凌雲。

○《錄次翠虛成進士被寄韻》

水萍相遇昔曾聞，今夕何圖對此君？玉節交光日邊影，文旌添色海東雲。

○《走贈林奇童鷄峯》李鵬溟

愛爾髫齡能作詩，還憐標格過於詩。扶桑、鰈域五千里，記記客顔聊贈詩。

○《次鵬溟示韻》林鷄峯

愧吾投示木瓜詩，瑤玖佳酬得好詩。大雅清風盈耳處，勿言刪後更無詩。

○《次林鷄峯韻》翠虛 成琬。

十三王勃最能詩，今見清篇卽古詩。葦原千載神童出，海外將傳百首詩。

○《次贈鷄峯林童》滄浪走草。

乃祖乃翁皆好詩，爾習家庭早學詩。落筆新篇更奇絶，病夫從此欲無詩。

○《次贈林鷄峯》鵬溟

整宇當今鳴以詩，憐渠十歲更能詩。高才自是文章手，愧把蕪詩和爾詩。

○《三雅君辱賜高和步前韻以謝之》南春庵

德人元是有天遊，懷抱眞如不繫舟。異域同心無物我，談交咫尺識荊州。

○《又疊春庵詩韻》滄浪

海外來隨博望遊，對君還似泛虛舟。從知意合爲知己，南北休嗟各異州。

○《三君賜高和因用前韻以呈之》漸軒

相逢晤語旅情嘉，落手華篇音莫瑕。幸是棧山航海處，十州三島泛仙槎。

○《會本誓寺席上謹呈整宇鶴山兩公案下》李鵬溟

河山淑氣鐘豪英，秋水精神玉骨清。風格已知超俗輩，文章還見振家聲。疎慵自愧酬佳句，鄭重偏蒙慰遠情。異域相逢眞有數，不妨傾蓋酌深觥。

○《奉嗣李進士韻》整宇

藝園喜見發文英，妙句驚人筆力清。鰲嶋雲光遙示瑞，雁山霜信未傳聲。對樽李杜論新思, 傾蓋孔程如舊情。從此須修文字飲, 交游同酌海東虩。

○《同和呈》鶴山

邂逅殊邦會俊英, 結眉促膝露談清。五湖四海猶龍貌, 萬水千山來雁聲。杳杳北溟曾一擊, 蕭蕭南寺却多情。剪燈好是秋風客, 夜永要須酬兒虩。

○《宗太守席上奉呈三使君》整宇

奉官遊海外, 才邁漢三明。風度同中國, 鄉望指北城。離筵歌《四牡》, 使節表雙旌。相遇無他事, 一心竭寸誠。

○《平太守席上奉酬整宇林公》鷺湖

左海層濤晏, 扶桑曉旭明。星槎通日域, 使節滯江城。勝集欣傾蓋, 離魂逐去旌。驪珠字字寶, 珍重荷深誠。

○《奉次宗馬州席上辱示韻》竹庵

華堂抃勝會, 霜菊炤筵明。秋老重陽節, 人淹不夜城。交懽纔執贄, 離魂暗隨旌。前後相思處, 佳篇足見誠。

○《陪馬島太守之宴呈三大官使》鶴山

秩秩賓筵秋興多, 庭池晚霽靜風波。紫薇雲遠三星影, 翠蜜園濃四牡歌。

○《平拾遺席上奉次鶴山韻》竹庵

歡會偏於此夜多, 滿林秋影落池波。新交未洽還催別, 愁惹驪駒一曲歌。

○《望富士山》竹庵道人

突兀層溟上, 堪輿秀氣鍾。一旬晦烟霧, 八葉折芙蓉。崛起靈皇世, 仍名富士峰。護爲江戶蔽, 鎭作海山宗。峻可捫星斗, 森如束劍鋒。根盤諸路勢, 池瀉百流淙。半折疑摧角, 中窪訝穴胸。俯臨群嶽細, 高壓大波洶。壁雪排三夏, 崖氷積幾冬。神功逃禹鑿, 秘牒類秦封。昔覽《扶桑志》, 今窺造化蹤。恨余行色迫, 終未擲吟筇。

○《和奉》鶴山

一唱富山詠, 三嘆衆美鍾。淸風吹玉樹, 秋水出紅蓉。宋子遠傳曲, 朴公近望峰。隣邦修聘禮, 海外仰文宗。偶揭星軺箔, 更揮健筆鋒。詞源通杳渺, 辨瀾漲懸淙。雲日千般思, 古今萬卷胸。雪花巓屹屹, 天籟響洶洶。名勝增光景, 旅程經夏冬。聊將繼高韻, 敬爲送親封。多謝瓊瑤語, 永留翰墨蹤。欲隨難縮地, 誰得葛陂筇?

○《奉呈學士李公案下》復軒 山田原欽

仙查驛馬載詩人, 到處定知發興新。滄海白雲多少景, 添裁錦繡學庭筠。

○《奉次復軒詞案》李鵬溟

天敎壯觀屬詩人, 特地風烟到底新。虛館枉來驚客夢, 枕邊寒韻立霜筠。

○《重次前韻奉李公》復軒

自是乾坤許俊人, 雅筵逢接玉篇新。鶺鴒弱羽元難較, 奇弄高吟過露筠。

○《重謝復軒詩案》 <u>李鵬溟</u>

看君頓失客中愁，玉雪清標拔俗流。異域萍逢天借便，錦囊風月許相酬。

"愛君之年猶童卝，而新詞妙筆，拔群超俗，仙姿秀骨，亦<u>江東</u>第一人物，爲留荒詞，以爲異日之容顏，且求瓊韻之偶和。壬戌仲秋，<u>漢州居士 鵬溟</u>稿。"

○《次韻奉漢洲公案下》 <u>復軒</u>

新詩入眼破吾愁，料識雄深極學流。<u>燕石</u>元非韜藉物，連城白璧竟難酬。

○《奉呈復軒要和》 <u>成翠虛</u>

翩翩書記侔陳琳，皎若珊瑚出海心。忽遇華軒先目擊，不妨談笑短長吟。

○《奉賡翠虛公見示韻》 <u>復軒</u>

一章高詠等琅琳，圭復正看英傑心。今日攀龍少年客，拜觀清采不堪吟。

○《又贈一首復軒求和》 <u>翠虛</u>

添一<u>蘭成</u>射策年，英姿雅望定詩仙。十洲琪樹三山月，與子端宜做百篇。

○《奉和翠虛公重示韻》 <u>復軒</u>

喜見清容壬戌年，愧將弱質接騷仙。相逢何恨聲音異，言道心情有妙篇。

"高詩，以<u>蘭成</u>見褒，拜歡何當?"

《呈成學士案下》

"嘗聞朝鮮國之風儀, 其人物、文才, 不讓于中華矣。至陋之志, 冀見其人、窺其文, 以有質于舊疾也。僕姓山田, 字原欽, 名熙, 日本國周防州之産。幼而志學, 然質性弱植, 不進于途, 常恐不至于成也, 偶覊旅于此會。公等因貴國大王之命, 隨使來于本朝, 淹留之間, 使僕接于芝眉, 觀于文章, 雖非無蒹葭玉樹之愧, 而亦一生之大幸, 得不述以詩乎? 重賦一絶, 以備高視。"

扶桑東界與天通, 文客尋來度海風。氷鑑清標素聞譽, 剩觀神筆逐冥鴻。

【成學士, 以筆語問余姓名, 故此詩序示之。】

○《謹次復軒示韻》翠虛

"不佞入東都, 有日所接, 多士旣已館見矣, 而深歎群賢蔚興於明時矣。不意頃者復軒公來尋於弊寓中, 一見知其玉雪其容、錦繡其腸。而且酬唱之際, 動筆如飛, 可謂文質彬彬君子人也。聞其年十六歲云, 可謂夙成拔萃者矣。又知其長門大守之得書記之能得其人也。仍次其辱示瓊韻, 答之。"

萬里仙查左海通, 青眸開處挹高風。英才成就吾何測? 偉績將看竚大鴻。

○《奉呈滄浪洪公》復軒

言語相違雖有恨, 接眉可喜得伸懷。殊邦同趣玆良會, 許把微詞薦閣臺。

○《次贈復軒秀才》滄浪

異邦萍水眞奇會, 詩句猶能當說懷。安得與君游汗漫, 海山隨處詠樓臺?

"余在館日, 有一少年來見, 眉目清揚, 容止端雅, 宛似神仙中人也。叩其中則錦繡也、珠璣也, 觀其運筆, 隨手揮洒, 傍若無人, 其奇才也。少年之所得已如此, 佗日成就其可量乎? 作詩贈余, 余卽次韻贈之。且題數語于紙尾, 以道其才, 因以賀長門太守之能得人也。壬戌仲秋, 滄浪走草。"

○《席上走和復軒見呈滄浪韻》松溪

羴賓館裏幾酬唱? 百年今日開好懷。 若遣英材生異域, 王、楊、盧、駱亦輿臺。

○《賡奉松溪見和予進滄浪韻》復軒

相見高材吾素志, 依因好介得通懷。館中佳句眞應貴, 語意都同層玉臺。

【松溪乃對馬太守之儒臣, 導接見韓客者, 亦在酬唱之席, 故如此。】

○九月初二日韓客酬唱。
○《雨中訪翠虛成公旅館》復軒

秋日雨寒催興來, 蕭然詩景滿庭涯。莫嫌驚起周公去, 陋識頻要接傑才。

○《走次復軒示韻》翠虛

玉樹風姿帶雨來, 青眸相對喜無涯。華堂握手期清唱, 更試東都不世才。

○《又贈復軒要和》仝

雄都巨擘儘如雲, 最愛公才自不群。少行盛名超國士, 悅逢江左沈休文。

○《奉和翠虛成公示韻》<u>復軒</u>

渺渺蒼溟萬里雲，喜觀鸞鶴不雞群。却慚明鑑枉褒譽，才短安能解古文？

○《奉呈學士李公案下》<u>復軒</u>

已觀才力到高深，筆落墨痕龍欲吟。願得瓊章煥古今，爲我翦棘潤枯心。

○《走謝復軒秀才》<u>鵬溟</u>

握手逢場情味深，客窓秋雨共閑吟。明朝別後堪惆悵？爲寫荒詞贈我心。

○《用塵三韻呈復軒案》<u>鵬溟</u>

秋鷹整翮九霄雲，爲愛仙姿迥不群。白雪陽春誠寡和，海東千載耀奎文。

○《次贈復軒秀士》<u>滄浪</u>

多君麗藻筆凌雲，高視乾坤思不群。邂逅卽知明日別，且將談笑共論文。

○《重次前韻奉和滄浪洪公》<u>復軒</u>

語意岑樓高出雲，卓然風格自超群。相逢料得還相別，愛惜寸陰共道文。

○《席上贈翠虛漢洲滄浪三賢》【<u>漢州卽鵬溟</u>】<u>復軒</u>

相見便相別，暫時入鶴群。何年重對面？好句故勸君。<u>河</u>、<u>漢</u>同明月, 東西共白雲。良逢眞不再, 須想見雄文。

○《奉呈翠虛成公侍右》

"謹啓。予是澱津晚生, 姓長岡, 名省一, 號元甫, 又稱橘軒者也。方聆大聘使東都禮畢, 而返旆西京, 水陸往還, 震艮安穩, 而濟濟多士, 各自無它也。闔國之慶, 歡聲滿巷, 至珍至重, 可嘉可尙焉。予素服盛名, 而率劣男, 名清, 號山立者來, 齎剌俱拜謁, 各獻搨箑三握, 奉申芹忱。薄儀雖愧不時, 方物聊以贈行, 枉賜莞留, 則惟幸惟甚。伏乞涵貸。維時九月二十八日, 頓首拜。"

○《奉謝元甫公詞案》

"不佞, 頃以槎役, 遠涉萬里之重溟, 維舟於大坂城頭, 留連旅館之際, 因稠人廣坐之中, 獲聞明名, 詳知其長者之風久矣。不料孫者高軒, 枉過客居, 一接芝眉, 已識其不易得之, 雅韻沖襟, 出乎流輩, 不覺欣幸。矧且尺一華翰, 照人阿堵, 滿紙語意, 鄭重示我, 以繾綣之深情, 慰我以險路往返之旅思。已極未妥, 而加以帶來玉胤, 齎剌俱臨, 亦甚瞿然之至。併對陶儀摸範, 其幸可量哉? 又其贐行六箑, 實是夢外, 拜謝僕僕。壬戌季秋, 成琬敬復。"

○《奉呈成進士案下》橘軒

異域相逢眞世榮, 通情心畫結詩盟。秋天幸有溫顏在, 坐了春風慰鄙生。

○《走次橘軒示韻》翠虛

宏材千古比幸榮, 翰苑曾堅墨子盟。洛下青眸眞一夢, 筆端佳句起鯫生。

○《奉呈學士成公梧右》山立拜。

韓客西歸休洛城, 高標景仰幾葵傾? 堪欣筆舌代鞮語, 殊域同文本太平。

○《奉次山立示韻》翠虛

客自關東駐鳳城, 忽逢蕭寺盖初傾。《陽春》一曲能驚我, 文朵何辭禰正平?

○《漫裁絶句一章呈僉正洪公座下》橘軒

異域修盟歸北溟, 遠遊可賀比茵寧。滿堂今日諸賢聚, 知是使星元德星。

○《卽座走次橘軒示韻》洪滄浪

仙槎今欲返滄溟, 王事極遑不暇寧。忽漫相逢談笑地, 君家自有兩文星。

○《卒綴一詩呈滄浪洪公机右》山立拜

嘉賓曾聽武科官, 豈意文才驚寸丹? 爲祝星槎風伯護, 榮旋波穩入三韓。

○《次山立示韻》滄浪艸。

五月東槎忝幕官, 歸時楓葉欲凋丹。西京自是文明地, 拭目今朝幸識韓。

○《再唱巴人一曲呈翠虛滄浪兩雅公奉謝芳酬》山立

高和聯珠俱妙工, 吟邊歛袂記豪雄。潘江陸海分雙派, 漲起波瀾入日東。

○《又次山立示韻》滄浪

毫端妙語奪天工，興趣淸深格力雄。父子能詩俱若是，聲名從此滿天東。

○《追啓翠虛公机下》

"今日邂逅異域同床，誠是希世之良緣也。一旦分手，則奈渭樹江雲何故？雖行期日迫，恐妨鞅掌，而再揮大手筆，辱賜賡載，則袖白璧一雙還，而欲擬異時神交之眉目也。請君思焉。"

○《答》

"方有使相前面稟事，後日更會，乏和爲計。"

【영인】

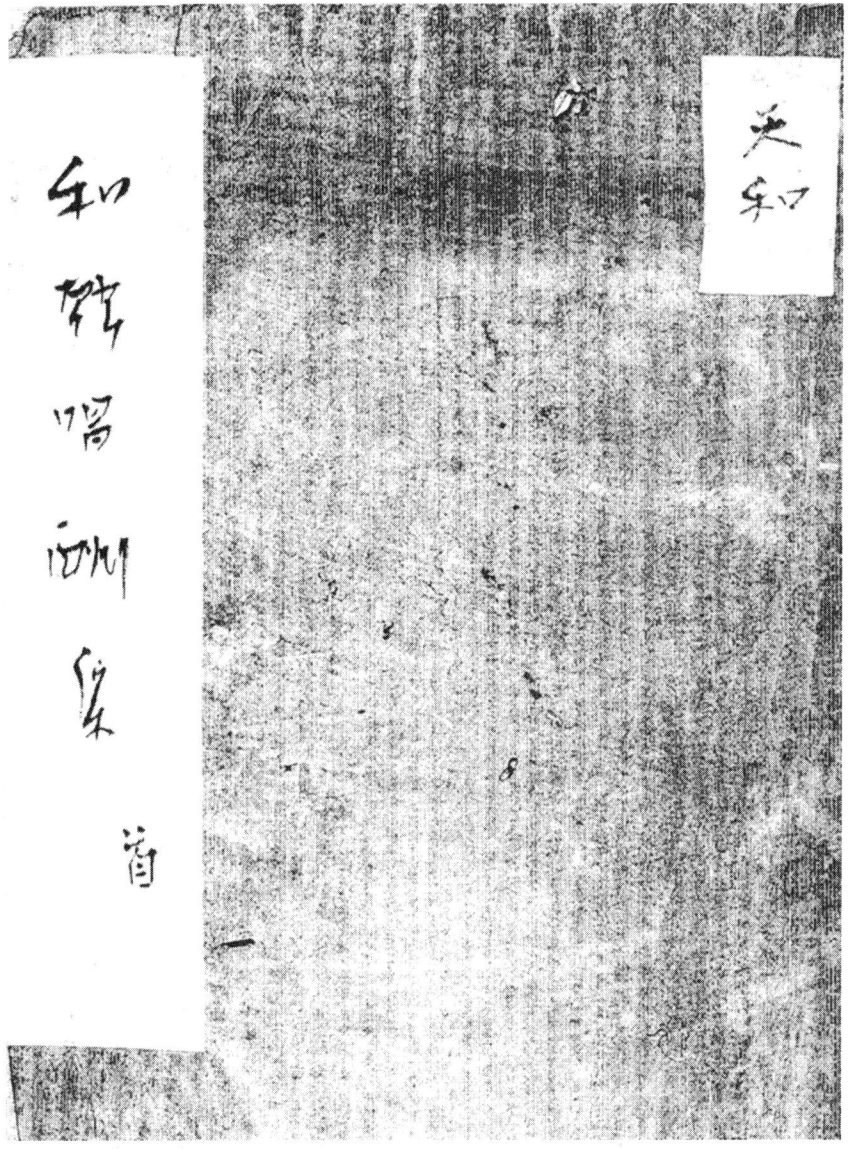

和韓唱酬

集目録

淀　元甫　長岡氏

同　山立　同氏

大坂　洞雲　山本氏

京　梅林　福住道祐

同　了庵　熊谷立閒

相國寺　顯靈　靈長老

京　蒙窩　堀正朴

京　義齋　黑川玄達

同　榮元　谷川氏

同　益亭　橋本元長

同　　誠齋　　三宅堅恕

相國寺　玄機　　大方

同　　　玄緣　　別宗

京　　　竺嶺　　三宅元孝

江戶　　貞幹　　木下順菴

大坂　　遜宇　　三宅道達

同　　　淑愼　　三宅元孝

同　　　梅隱　　淺野新五郎

同　　　近信　　舟木立敬

同　　　養專

京　順宣　原田氏

同　菊潭　木下寅亮

同　東庵　青木氏

備前　正義　小原善助

大德寺　覺印　義諦

京　滄洲　向井小三次

同　富春　星野應奎

同　三恕　田村氏

同　震澤　柳川順剛

江戶　晩節齋　板坂爲篤

目錄畢

○天和二年壬戌七月十八日先ツ到テ于
大坂待ツ三使ノ来ルヲ同シク二十六日三官使ノ
著ク岸ニ翌日二十七日到テ于大廳初テ
會ス于三使呉川八一章絕句三篇
　　　　　　　　東福寺
　　　　　　　　祖辰

難波津上企望久シ見テ清容甚タ慰ム情ヲ含ム
尾千艘凌キ海角ヲ摩テ肩高駕向フ江城旗旄
映シ水龍蛇動キ笙笛徹ル雲鷺鳳鳴キ珍重ハ善
隣通使節ヲ佳期更ニ有リ錦旋ノ榮

○正使

執レ圭ヲ萬ー里　信ー音　通ズ榮奉　瞻ー望　第ー一ノ功　自ー

是レ公ノ程　忘ル残ー暑ニ兩ー邪　清ー靖　扇ク仁ノ風ヲ

○　副使

祥ー飈　護ー送　錦ー帆　開ク玉ー節　搖メク光ヲ天ー外ヨリ来ル何ゾ

異ニ皇ー華　使ー臣ノ燕ニ瓊　延ベ我モ亦タ喜ビ追ー陪ヲ

○　從事

遠ク從テ公ニ事ニ渡ルヲ滄ー溟ニ況ンヤ又タ東ー關　長ー短ー亭　容ー

路ノ艱ー難　君　勿レ厭フ由ー来　重ネ寄ゾ屬ス英ー靈ニ

○　和

正使

彩ー舟　同ク艤ヒス浪ー花ノ渚ニ勝ー地ノ風ー光　慰ス客ー情ヲ萬ー

疊ノ秋ノ山圍ミ淨ノ界ヲ千ノ重ノ瀛ノ海抱ク層ノ城ニ琳ノ宮ノ

清夜成ス良ノ唔ヲ禪ノ月ノ佳ノ篇寂モ善ク鳴ルハ自ノ是レ生ノ

平ノ窓ニ壯ノ観ヲ即チ知ル隨テ處ニ使ノ華ノ榮アルヲ

同　　　　　仝

才別琴聰遇ヒ道ニ通ズ周ノ旋翰ノ墨信ニ多シ功西

河ニ拭フ玉ヲ吾レ何ゾ敢テ惟タ採ル民ノ謠ヲ戴ニ國ノ風ヲ

同　　　　　副使

跋ノ渉ス長ノ途萬ノ里ノ行ク山ノ川聊カ慰ス遠ノ游ノ情仙

橇直ニ渡ル銀ノ河ノ水使ノ節初メテ偉ニ大ノ坂ノ城憐ムラ我ヲ

形ノ容為ル客ト久シ羨ム君ガ才ノ調以テ詩ヲ鳴ルノ鄰ノ邦ノ友ノ

好期ニスチ一祀ヲ玉一帛　登レテ壇ニ興有リレ榮

○同 同

青一眸為ニ向テ祖一師ニ開ノ迎ヘ〈テ我ヲ辛一勤遠一道ヨリ來ル賓一

主禮成テ傾ケルレ蓋ヲ地一ケ場ノ談一咲許ス相一陪スルヲ

○同 從事

征一庵隨レ處ニ滯スレ行一程ヲ虛一館悄ノ然ヨリ悩ニ客情ヲ隔プ

海ヲ飯ニ竜一遠ニ故一國ニ逢レテ秋ニ覊一思倚ル層一城ニ幾ノ時ヲ

鴫一雁傳ヘテ書ヲ至ラン永一夜ニ蠨一蛸掛テ壁ニ鳴ノ强一遺ニ郷一

愁ッ仍自レ慰ス遍ッ游モ桑一域ニ亦〻君ヲ縈ノ

○同 同

遠ノ随フテ帆ノ影ニ慶ル層ノ巓ヲ更ニ駕メ星ニ輅ニ問フ駅亭ヲ萬ノ

里歸リ来リテ無レ險ノ阻ニ此ノ身終ニ是レ荷サン君ノ靈ヲ

○贈ル成琬学士ニ　　　　祖辰

久ノ懐ヒ慕フ蘭ヲ渇ノ心頻リニ章ヲ得テ識ル荊ノ情更ニ親シ名ハ

擢二高科ニ功蓋ヒ代ヲ胸ハ蟠ル萬ノ巻ヲ潤ヒ無レ津紅ノ評

紫ノ論回ル天ノ筆玉ノ應金春席上ノ珍欲レ問ント翰

林風月ノ事ヲ何レノ時カ一ニ洗ハン耳根ノ塵ヲ

○和　　　　　　　成琬

最モ愛ス高才等ヨリ李頻情ハ非ス貌ノ敬ヒ己ノ心ノ親シ容

行並ヒ到ル蜻洲ノ境錦纜同ク維キ浪速ノ津筆勢

屢〻驚〻呉〻下ノ作ヲ珠〻篇幾ツカ擲ツ掌〻中ノ珍修〻隣〻廣〻

濟〻真ノ餘〻事願ハクハ取ツテ曹〻溪ヲ洗シ濁〻塵ヲ

○冨士峰　二首呈三使ニ　　　　祖辰

東〻方ノ巨〻鎮冨〻慈〻峰詩〻客從〻来比スル岱〻宗〻今〻

日〻山〻靈如レ有レ意　一〻斑留メテ雪ヲ爲レ君ガ供ス

○又　　　　　　　仝

研〻額　士一峯ノ前喜ブ晴ヲ近レ午ノ天絕〻巓無レ九〻夏

積〻雪幾ツ千〻年聳ヲ衝ニ紅〻日ヲ和メ光ニ生ニ紫〻烟ヲ

景〻濂題レ句ヲ後令レ又タ有リ羣〻賢ニ

○和　　　　　　正使

地ノ湧キ浮フ天ニ萬-仞ノ峰 日-東ノ雄-鎮 此ヲ為レ宗ト金ノ

華ノ大-史曾テ題-品 物-色分-留一-半供ス

○同　　　　　　　　　　　同

岩-堯大タリ陸ハ前雄-勢 麓ニ蒼-天ニ護レ薬ヲ雲千-古

排メ炎-雪萬-年奇-峰曾テ抜レ地 神-穴或ハ生レ烟ヲ

永ノ鎮ス扶-桑ノ泉 時多ク産ニ儁-賢ヲ

○同　　　　　　　　　　　副使

蓮-華八-葉聳ニ奇-峰 雄-崎東-方衆-嶽ノ宗聞ク

積-氷猶ヲ未レ解ケ來テ堪タリ作ニ玉-壺ノ供ト

○同　　　　　　　　　　　全

特立ノ勢 無シ前 嶕嶢トシテ更ニ挿ム天ヲ 名ハ標ス太史ノ筆

地ハ拆ク孝皇ノ年 陰洞 恒ニ留メ雲ヲ 晴峰 卞テ捲ク烟ヲ

扶輿清淑ノ気 往くこと 産スル林賢ヲ

○同

烟萬古 需ム詩料ニ長ク 向テ騒人ノ筆下ニ供ス

嵷屼トシテ雲間 八葉ノ峰 關東ノ形勝 此レヲ為ス宗ト

○同　従事

晴峰當ニ馬前ニ劔戟ヲ捕ム空天ヲ 特地ニ成ル旬日ト

層氷積ムテ幾年ッ奇葩 繞ニ吐ノ蕊ヲ 真面半ハ篭ム烟ヲ

過客沈吟メ望ム佳篇ヲ 愧ッ答ニ賢ヲ

全

○同　　　　　　　　　　　滄浪子

八葉開キ成ス百丈ノ峰　高標屹メテ作ル海山ノ宗ト雲ノ

烟朝暮多ニ奇態好シ　入テ騒人ノ筆ノ底ニ供ス

○同　　　　　　　　　　　仝

突元タリ驛程ノ前危峰　揷ムテ半天ヲ雄盤鎮ス山ノ地ヲ

崛起在テ何ノ年ニカ顥氣凝テ成ル雲ト祥光散メテ作ル燗ト

碣来増ス物ノ色ヲ題品　得タリ諸賢ヲ

○清見寺　呈三使　　　　祖辰
　　　　　　　（此地古有リ清見關ニ）

逐隊ヲ随テ行不ス負カ公ニ　江山数ヘ盡ス海之東太イ

平ノ寰宇無レ關鎖　清見前頭活路通ス

○和　　　　　　　　　　　　　　　　正使

蓮社ノ高名後ニ遠公ニ　豈ニ知ランヤ相遇フ大瀛ノ東肩ノ
興千里同ジク游ブ處　遙ニ望ム清河驛猪ノ通ズルヲ
副使從事　二員無シ和乃チ辭シテ云ク清見ノ寺
行クコト忙ニシテ未ダ及バ　歸ル時ヲ待チ徐ク歩ミ呈ス耳ト云フ鞭ニ
言ト如シ是クノ後モ亦無シ和

○　冨士山ノ詩　　　東堂小山　　從事
　　　　　　　　　十二句　求ム太虚梅山兩　朝ニ三并デ和ヲ

突兀タリ層巓ノ上　扶輿秀氣鍾ツル一旬　晦シ烟霧ニ
八葉折ルル芙蓉ヲ崛却ス高皇ノ世　仍テ名ク冨士ノ峰ト

護メ為リニ江ノ戸ノ蔽ト鎮メノ作ル海ヲ山ノ宗ト峻ヲ可レ捫ス星ヲ斗ヲ

森如レ束ニ釼ー鋒ー根ハ盤ルニ諸ー路ノ勢 池ハ馮ク百ー流ノ淙

半ー低ノ疑ク摧カトノ角ヲ中ー窪 訝カルレ穴ヲ俯メ臨ハ群ー嶽ニ耻ヲ

高ク歴メ大ー波 泃ス壁ー雪 排レ三ー夏ニ崖ー氷 積ハ幾ク冬ヲ

神ー功 逃ルレ禹ー鑿ヲ秘ー牒 闢ク秦ー封ヲ昔ハ扶ー桑ノ志

今ハ窺カプ造ー化ノ蹤 恨ク余カ行ー邑ノ迫マッテ終ニ未レ擲タ吟ー筇ヲ

○和　　　　祖辰

冨ー士 為メニ公 容ー清ー手 殊ー愛 鍾ルニ歆レ橫セニ青ー箬ー笠ヲ

作レ橫ニ玉ー芙ー蓉ヲ湧ー出 傳ハリニ千ー古ニ魁ー奇 靨ス万ー峰ヲ

名ー區 雖ニ無ー數ト維レ岳 是ヲ其ノ宗ト官ー使 題ニ唐ー律ニ

毫端所ク晋鋒ヲ巻ヒ舒ヘ風凜トシ　吟詠水凜トシ

因テ賜二珠璣ノ兼ヌ楽ヲ三　山靈彰ニ喜邑

河伯衆流淘麓ハ跋扈三ノ國　雪ハ留ト興ス一冬

登臨知ル曾ツテ小キヲ至祝擬ス華封ニ　何ノ幸従ニ英俊

祓才愧ツテ比ヒ蹤ヲ星軺暫ク停ル處瞻仰ス博望節

○冨士ノ歌

五七言　長短二十
五句示シテ求ム和ヲ

成琬

冨士在ル何ノ處ニ乃在リ三ノ列ノ間ニ其ノ山ヲ旦蓬莱ト

浮空積翠開ク煙鬟ヲ連峯畳嶂擎ユ重霄ニ上ニ

有リ神穴ノ淑ノ氣柱トシテ通スル帝座ニ天挺テ蓮花ヲ水橋ガ

八―朶。時ニ看ル、最―高ノ處、白―日　生ズ紫―烟ヲ紫―烟

靉―靆ス畫ノ中　萬―古秀―邑―直ニ抱ッ蒼―龍ノ躍ヤトッ。蒼―龍

七―宿隠シテ復タ現ハル挿ミテ月ヲ喬―林歴ヘ層―巓頭―上何ノ

所ニ戴ク六―月積―雪白ク皚―皚タリ。脚―下、何ノ所ッ生ズ万―

頃ノ明―湖鏡―面開ク。群―崖怒―瀑雷―犬―蛰把ッ虹ヲ

長―川宇―宙ヨリ来ル。仰ギ視ル頂ニ戴ク九―天ノ蓋ヲ俯メ瞰ル根ハ

盤―六―鼇ノ背。玉―樹光リ揺ク暘ノ谷ノ底、琪―花影落ル

扶―桑ノ外。赤―松安―期若シ可ク招ク指ノ點メ猱―岑ヲ雲

靉―靆ス徐―福祠―前一ヲ長―嘯ス秦―童五―百今マ何ニカ

在ル今何ニカ在ル、瑤―草萋―シメ愁ノ翠―黛生ズ平―宿―顧

怱始副意馬奔騰跨汗湯身隨玉節未

如意馬奔騰跨汗湯

遂一從倚兩腋恨色生羽翰但將新詩

賀山靈蝶夢夜入瓊林塢硯磊胸襟氣

不平幸為南宗輸傑句南宗韻釋富文

詞綺語曾見菩提樹域外新交樂莫樂

容懷暫向吾師吐吾師自是徹碧雲跡

遍名區同逸趣優游象外我亦謝康樂

好水佳山任開歩歸時倘許共陟彼更

繼擲地金聲孫綽天台賦

楮尾云

大醉中未能各呈一本於靈長老朝

小ー山ニ望ム須ク同ク照スラメ次レ韵ヲ辱ー示ス如ー何ニ

○和

祖辰

有ル山有リ山名ハ冨ー士獨ー立シテ巍ー巍タリ宇ー宙ノ間。形ハ

似タリ芙ー蓉初ー日ノ簾ヲ上ニ縮ヌ霧ー鬢與ニ雲ー髻。往ー昔

光ー降ル毘ー盧ノ尊、層ー氷自ラ作ス白ー玉ノ座ヲ理テ径ッ五ー

邑ー草千ー莖、満ツル渓ニ四ー照ス花萬ー朶。瑤ー林蒙ー密

鎖シ寒ー月ヲ玉ー洞尚深メテ凝ス翠ー烟ヲ。向ー上ノ一ー路人

難シ到リ追ー攀疑クハ是レ過ギ星ー躔ヲ眺ー望シテ徒ニ覺フ孤ー峰ノ

秀ー登ー臨シテ不レ屑シ群ー山ノ巓。爽ー氣横タヘテ秋ー風淅ー

嵐ー光映メ日ニ雪ー皚ー。四ー時ノ美ー景畫ゲドモ不レ就ラ行ー

人、貪リ看ル笑顔ノ開ク、前度ノ諸賢　幾クカ題詠、千載

子雲　今　又タ来ル。山中處々ニ　産ニス　紫芝ヲ村民喰テ

色ヲ及フ鮎背ニ。避ル秦道士古祠存ス明ニ知ル徐福

游海外海外通メ天ニ、水渺茫、空ノ尋雲氣長ク

夔虁。五百ノ神童多シ耳孫、秦民到テ今往シ

在更ニ因テ異人ノ吊ヒ仙蹤ヲ山靈亦若シ顰眉黛ヲ

西海ノ數程窮ム名區ヲ、東關千里足レリ游觀。

示シ高歌ノ歌ヲ乃ノ膚ト禿毫濡滯墨爛漫。特ニ為メ

學士道義ノ深勉強我モ亦深ム柔翰ヲ公ハ是レ當

年蘇氏ノ徒、口吻生レス花ヲ藏春塢。繡腸織リ出ノ

露ニ錦ノ心ヲ譚シ薄何ヲ以カ酬シ新ノ句。感ニ恩ヲ菅ノ蒯同キヲ

綵ニ麻ニ堪タリ愧ハシ蒹ノ葭倚ルニ玉ノ樹ニ騒ノ人已ニ自ラ患ニ才リ

多ニ萬ノ斛ノ明ノ珠不レ厭ハ吐クヲ。江ノ山有リ助ケ新ノ詩奇ハ

毎ニ逢フテ佳ノ境ニ即チ成レ趣ヲ野ノ衲幸ニ浔テ交ニ翰ノ林ニ恰カモ

如レ駑ノ駘ノ學ガ驥ノ歩ヲ今レ代ニ誰カ是レ選ニ爛ノ才、成ノ公

續キ得タリ三ノ都ノ賦

○重陽　　呈正使

秋ノ風帰ノ思両チ相ヒ催ス旅ノ館蕭ノ森ニ對ス菊ノ開クニ近ロ
　　　　　　　祖辰

浔ニ故ノ園ノ書ノ信ヲ吾ヤ叩クテ雲ニ新ノ雁亂ノ飛メ來ル

○同　　呈副使

　　　　　全

梯ヤ山ニ航ダシ海ニ到ル天ー涯ニ偶ヽ逢テ佳ー節ニ賞ス菊ー花ヲ客ー

裡ノ高ー吟　摩ー詰ガ句　興ー郷　今ー日　須ヲ思フ家ヲ

　○　同　　　　呈從事

　○　同

忽見ル秋ー風東ー海ノ濱歸ー心方ニ切ニ上ー邦ノ寶ー滿ー

城ノ冠ー盖ハ儼ヽ公ー禮ニ萬ー里ノ星ー槎ー感ス善ー隣ヲ愧ッ我ヵ

疎ー慵耐ヘンヤ何ノ爲ニゾ思フ君ガ詩ー語屢ヽ驚ク人ヲ今ー朝難ー

得登リ高ー會ニ惟ヲ揉テ菊ー花ヲ酌ヲ令ー辰ニ

　○　和　　　　副使

遠ー客經ワ旬ヲ滯ル海ー涯ニ西ー風佳ー節對ス黄ー花ニ愁ー

未テ不レ用登リ高ニ去リテ落ー日孤ー雲倍ヽ憶フ家ヲ

○同　　　　　　從事

佳節今逢寂寞濱　海天ノ秋色雁初ニ賓ス桑ノ

鄉ニ在リ目ニ愁多ク夢ヲ藥餌隨レ身病共ニ鄰リ白雪

誰カ傳ニ寡和ノ曲黃花空ノ傍フ未ダ歸ヌ人旅窗空ク

負ヒ登ル高會強テ把ニ清樽ヲ誓ヒ此ノ辰ニ

正使無レ和

○江舸ノ即事　　　祖辰

爽氣發ス清興ヲ行ク舟好ク眺望ニ沙ニ埋ミテ堤柳短ク

水淺ク渚ニ蒲長ク殘照顯ニ孤郭ヲ淡雲收ム夕陽ニ

漁村烟樹ノ裡憂ヘ丶漏燈光ヲ

○和　　　　　　　　　　成琬

星軺數千里平楚入遙望ニ　水ハ接メ滄浜ニ濶ク

山ハ連ナリテ瑞露ヲ長シ高僧逢ヘバ惠遠ニ　病驥値フ孫陽ニ

清製相酬ルヽ處毫端擎ク夜光ヲ

○送ル三使ノ歸ルヲ　　　祖辰

雨後清風掃フ夕霏ヲ　畫船艤ヒ待ツ勢如レ飛ガ無シ

由レ館主維ニ蘭漿ニ可レ羨ハ高寶著ルイテ錦衣ヲ今レ夜

送レ君ヲ千里ノ別明朝嗟ス獨リ上レ都ニ歸ニシテ報レ言ヲ佗ー

○和　　　　　　　　　　正使

日相思フ慶對レ月ニ　天涯望シ德輝ヲ

旅館ノ寒風　瞑雨ノ霏ク即メバ聞ク庭樹　酒餘飛方ニ

思ヒ韻ヲ釋ク頻ニ歌枕ニ忽見テ詩箋ヲ還ニ攬ル衣ヲ雲ハ隔テ

武陵ヲ千里遠ク天ハ連テ渚海ニ一褄歸ルモ莫レ嗳テ別レ

後音容阻シュ明月猶ヲ分ツ兩地ノ輝リ

〇同　　　　　　　　　副使

晚来寒雨捲ク陰霏ヲ帆色迎フ風ヲ儼トメス欲ス飛ナト得テ

命ヲ長途欣フ作レ伴ト臨テ分レニ一語當ニ留ムニ衣襌節ヲ

却テ向二金沙ニ去ル使節私カニ隨テ彩鷁ニ歸ル別レ後相

思フ天上ノ月迢トシテ萬里共ニ清輝ヲ

楮尾云テ臨レ行ニ匆ニ迫リ詩ヲ不レ寫サ懷ヲ尤モ增ス帳レふヲ

○同　　　　従事

寺門寥闃トシテ鎖二烟霏ヲ　黄菊花残テ南雁飛ブ夢ノ
裡故園迷二去路一客中流序換二征衣ヲ味ハ方ノ
樽酒忽チ為二別ヲ万里ノ滄波愁ヲ独帰唯有二相ノ
思西夜ノ月両郷分チ炤ヲ對二清輝一

○従事示ス二留別ノ詩一

曾因儐接為二来迎ヲ更逐テ征庵到ル二此ノ城一壹
冷襟詩百咏源トシ對榻二月三盈東離
菊悦添ヘ離恨二西浦潮生催二遠行ヲ千里聯ノ
鑪同ク去踏ヲ問レ君二何ゾ忍テ獨帰ノ情

　　　○和　　　　　　　　　　祖辰

星軺此ノ地喜ニ逢迎ヲ難シ奈ンゾ勿レ忙　唱フ渭ノ城ニ東ノ
道ニ青ノ山極ム奇ノ勝ヲ西ノ關ノ明ノ月幾ク虚ク盆ノ節ノ旋
旋ニ轉ス萬ノ艘ノ上畫ノ錦其ノ瞻ル千ノ里ノ行假ノ使ヒ英ノ
標無キノ忌ノ日ニ眼ノ前ニ分ツ手ヲ豈ニ堪ンヤ情

　　○送ル成ノ學士ヲ再用ノ頻ノ字ヲ　　　　同

數ノ面仍リ忻ニ情ノ話頻リ恰モ如ク早ノ脾久シク弥ク親シ再ノ
来ニ此ノ地未タ黙ニ突ヲ忽チ動メニ歸ノ橈ヲ細ニ問フ津ヲ雅ノ馴
洽ニ傳リ留メ國ノ史ニ佳ノ篇永ノ秘メ為ス家ノ珍ト懇ノ勲臨テ
別ニ更ニ相ノ約ス莫レ忘ルヿ東ノ開ク肥ノ馬ノ塵

○和　　　　　　　　成琬

千里長亭軟語頻、纏綣情同骨肉親、緑

橘陰過經南岳黄茅瘴裡過熊津覇懷

毎吐燈前夜妙句將饒篋裡珍惆悵明

朝旋作別百年消息隔芳廬

○成學士問予宗系及所居予答以家

私仍為之作此詩七言古詩二十七句同

日東山河毓秀氣鼇背靈峰昇嶹三自

從天御剣業後幾箇寰中挺奇男聖師

脱ー出シ啓ー發ラシテ禪ー開ヲ胸ー間ノ智ー水何ー渾シツ方ー西ー入テ中ー

原ー訪ヲ徑ー山ヲ徑ー山ノ卯ー可承ク玄ー談ヲ眼ハ窮ム大ー陸ー

三ー千ー象ー手ニ探ル祇ー園ー五ー百ー函借ー問ス徑ー山是レ

何ンノ人ッ上ニ學ーテ六ー祖ヲ追ー瞿ー曇ヲ一ー派ノ曹ー溪ヘ傳ヘ正ー

脈ヲ不ー二ー門ー中龍ー象參ス摩ー尼ノ大ー珠脱ス點ー翳ー

鏡ー面ノ定ー水收ム風ー嵐ヲ令メ華ー嚴十ー地ノ品ヲ變メ

作ス三ー生ー已ー風ノ話ト青ー鸞却テ候ス講ー琳ー筵ー白ー猿

更ニ窺フ栖ーテ禪ー龕ー俟ニ忽ー流ー光歳ー有リ七刻シテ意ヲ楞ー

伽ー如シ麓ー耳ニ無ー着天ー親托ス神ー交ニ智ー顗ー敎ー論ー

研ク深ー譚ヲ歸テ携ヘテ寶ー墨ヲ鎮ス山ー川ヲ別ニ言フ内ー記吾ク

道南ハ南宗ノ大師即チ遠孫　一圓真如ハ饑ヘテ似タリ行

貪ル狗子無性頌ノ窈慶卓踞雙林虎視耽リタリ

圭峰普德惠休カ詩筆ハ與ニ智永爭曾鄰ニ往シ

者恭シク承ル大君ノ命　遠ク迎フ西使ヲ才何ソ渴来リ

水陸三千里不レ憚タラ愁ヲ康カ七不堪域外ノ新

交樂莫レ樂キハ君子ノ心情水如レ淡路ハ指ス關ノ東ヲ

幾ノ驛程並ニ船ヲ連ネテ興清興醉ハ村ヽ綠竹ノ間ニ

翠杉慶ヽシ丹橋交ハル黃柑短詠長歌輪奐万リ

象ヲ詩窖頻ニ經ル筆舌ノ鏊習性從テ知ル冨ニ綺語ニ

麗ナル什慧得タリ幽蘭ノ馥殷シキ堂料カラシ中達忽チ引タ袂ヲ武

陵ノ烟ノ樹 催ス歸ヲ藍ニ輈ヲメ事ヲ旋ラ麩ス 玉ノ宸ノ君 更ニ跎ク

竜ノ澤ノ囘ノ伽ノ藍 麗ノ藻 遥ニ思フ碧ノ雲ノ師ノ別ノ夢 長ク

繞ル桃ノ花ノ巷 丈ノ夫 不スレ作サ兒ノ女ノ悲ヲ臨テレ岐ニ 肯テ教メ

雙ノ淚ヲ含ム

　○奉レ呈ニ

學士 李君ニ

　　　　　　　　高伯順

貴ノ客 留メ連ス歸ルレ國ニ 時ニ 城ノ州ノ山ノ色 耐タリ開クニ眉ヲ波

濤 萬ノ里 同ク船ノ月 即チ是レ寺ノ前ノ一ノ舊ノ知ル

　○次テ謝ス

　　　　　　　　高伯順公ニ

　　　　　　　　　　　　　李盤谷

古ノ寺ノ秋ノ風 欲スル暮レト時 一ノ床 何ノ幸カ接スニ麗ノ眉ニ 異ノ

○

域相逢真有數不妨ケ芳酒托ス新知ニ

○奉呈 滄浪公ノ館下ニ 西峰子見林

掌讀日本書記等書

三韓扶桑通妤尚矣今幸獲識韓卜賦ス

一絶奉謝ス

繼縷交情北海深從來兩地契蘭金幸ニ

爲並坐梵宮ノ上別後我何ゾ忘德音ヲ

○走次 西峯韻 滄浪子

不論初交意自深辨兒一諾重千金慇

懃更有瓊琚贈珠勝陽春白雪ノ音

○絕句一首呈す

成翠虛

李鵬濱

洪滄浪に

薜水相逢文學人
交不恨語言異千里同風德一隣
海東雲物氣清新神

春宗林鷞峰

○席上走和す

林奇童示韻を

玉雪英姿第一人彩毫揮處墨花新試み
成翠虛

看異日才成就羣藻何辞賈幼隣

　○次テ贈ル

林秀才鶏峯

風儀宛モ似タリ老成ノ人ニ　示ス我ニ清篇句語新ナリ奕シ

世ノ家聲知ヌ不ル墜チ大ナル名　從リ此播ス殊隣ニ

李鵬溟

　○席上次ク韻ヲ

林鶏峯

憐レムヲ汝童稚ヲ已ニ成ル人ト　眉目自リ清揚シ氣稟新ナリ文ヲ

學淵源知ヌ有リ自リ異時聲譽動サン殊隣ヲ

洪滄浪

　○鄙絶呈ス

成進士兼テ

洪滄浪ニ

春常林整宇

文ハ采リ清儀ヲ観ㄦ國華ヲ官ニ遊ヒ何ノ恨ミカ遠ク離ㄦ家銀

河流入日東ニ去リテ星使乗風八月ノ槎

○次謝ス

整宇辱贈韻ノ

箕裘門閥勝蕭華詩礼相承認大家萍

水逢真有数銀河幸得逐仙槎

○次奉ス

整宇示案

成翠虚

洪滄浪

愛君詩格極精華文彩風流継乃家此

洪滄浪

日相逢フ知ヲ有リ數　西東万里逐ニフ星ニ檣ヲ

○率ニ呈ス

李進士鵬溟

道骨風姿總テ稱ス仙ト前身知ル是レ李青蓮溟ノ

春常林整宇

鵬張フ翼ヲ幾リ千里搏撃ス扶桑朝日ノ天

○次フ呈ス

整宇ノ詞案ニ

身遊二十島ニ參スル羣仙ノ跡ニ似リ香山ニ對ス白蓮ノ他ノ

李鵬溟

日相思ヒ、何ノ處ヵ是一輪明ノ月海東ノ天

○同席裁ノ絶句一章ヲ呈ス

成翠虛

李鵬溟

洪滄浪ニ三雅君ニ

　　　　　　　　　　　　　　南春菴

沃日摩霄究壯遊　繡鞍朱戴木蘭舟料り

知到底錦囊重半閱扶桑六十州

　○次謝ス

春菴示韻

　　　　　　　　　　成翠虛

氣逸盧敖汗漫遊心超太乙駕蓮舟滄

滇注硯搏桑筆傑句都輸天九州

　○次奉ス

春菴ノ詞案ニ

李鵬溟

仙若是ヲ分明ニ說　真簡蓬山即千此ノ州

萬里歸来辨ス勝遊ヲ　坂城西畔暫ク停レ舟ヲ神

○走ニ次ス

睿庵ノ示韻ヲ

洪滄浪

涉海真ニ成ル汗漫ノ遊手ニ携テ書劒逐フ仙舟ヲ山

河歷盡ス三千里行々入ル繁華第一列

○絕句一首呈ス

成翠虛

李鵬溟

洪滄浪 三雅公

邂逅論文會可嘉 熙三半承淨無瑕 錦
帆奉使幾千里 東海隨流博望槎

　　　　　　　　　　　坂漸軒

○次謝

漸軒示韻

蓋世風流似孟嘉 從知白璧絕纖瑕 天
涯邂逅雙青眼 幸賴斯身月一槎

　　　　　　　　　　　成翠虛

○走次

坂漸軒詞案

清標卓犖見堪嘉 揮洒真如玉不瑕認

　　　　　　　　　　　李鵬溟

得ㇾ賓ㇾ囊　飽ㇽ風ㇾ月ニ　不ㇾ妨ケ收ㇾ拾　載ㇽ歸ㇽ槎ニ

○　走ノ次ク

坂漸軒ノ恵ㇾ韻

賓主交ㇽ歡　禮ㇾ意ノ嘉清ㇾ標　玉ㇾ立テ絶ㇾ纖ㇾ瑕ヲ尊ㇾ

前不ㇾ覺身　為ㇽㇾ客海ㇾ上初テ　停ニ漢ㇾ使ノ槎ヲ

○　謹テ呈ス

洪滄浪

整宇公ノ詞ㇾ案

羅山ノ文ㇾ譽飽マテ曾テ聞ク　今ㇾ日傳テ家ヲ又有ㇾㇾ君　一

見テ清ㇾ標知ㇽ不ㇾ俗　彩ㇾ毫揮テ慶氣凌ㇾ雲ヲ

成翠虚

○　錄次ニ

翠虛成進士ノ被レ寄二韻ヲ

水ノ萍相ヒ遇フ曾テ聞ク今夕何ノ圖リ對二此ノ君ニ玉ー

節交光ノ日ノ邊影文旌添二邑ヲ海東ノ雲

○走ノ贈

林奇童鷄峯ニ

愛二爾カ髫齡能ク作レ詩還憐標格過二於モ詩扶ー

桑鰈域五ー千里記ーシテ客顏聊カ贈レ詩

　　　　　　　　　　　　李鵬溟

○次ノ

鵬溟示韻ヲ

愧吾ヲ投二示ス木瓜ノ詩ヲ瑤玖ノ佳酬得二好詩ノ大ー

　　　　　　　　林鷄峯

雅清風盈耳處勿言刪後更無詩

○次

林鷄峯韻ヲ

十三王勃最態詩ヲ令見清篇即チ古詩華

原千載神童出テ海外將傳百前詩ヲ

翠虛成琬

○次テ贈ル

鷄峯林童

滄浪走草

乃祖乃翁皆好詩爾習家庭早學詩洛

筆新篇更奇絕病夫從此欲無詩

○次テ贈ニ

林鵞峰

鵬溟

整宇當今鳴以詩憐渠十歳更能詩高

才自是文章手愧把蕪詩和爾詩

〇三雅君辱賜　高和歩前韻以謝之

南春庵

德人元是有天遊懷抱真如不繋舟異

域同心無物我談交咫尺識荊州

〇又疊

滄浪

春庵詩韻

海外来隨博望遊對君邂似泛虛舟從

知意令爲知已南北休噫各興州

○三君賜　高和因用前韻以呈之

漸軒

相逢晤語旅情嘉落手華篇音莫瑕韋

是棧山航海慮十州三島泛仙櫂

○會ニ本誓壺

席上謹テ呈ス

整宇鶴山兩公　案左　李鵬濵

河山ノ淑氣鍾二豪英二秋水精神玉骨清風

裕已ニ知ル超二俗筆二文章還テ見ル振二家聲二疎慵

自ラ愧ヅ酬二佳句二鄭重偏ニ蒙ル慰遠情異域相

逢フ真ニ有リ數不妨ケ傾ケ蓋ニ酌二溪舩二

○奉リ嗣キ

李進士ノ韻ヲ　　整宇

藝園喜ビ見ル發二文英二妙句二驚カ人筆力清鼇

嶋ノ雲ノ光遥ニ瑞ヲ示シ雁ー山ノ霜ー信未ダ傳ヘ聲對ノ樽ニ

李杜論ノ新ナ思ヒ蓋ヲ傾ク孔程ノ如ク舊ー情ニ從ヒ此ノ頃ヲ

修文字飲ヲ交ヘ游同ク酌ム海ー東ノ舡

○同ク和シ呈ス

鶴山

邂逅ス殊ー邦ニ會ス俊ー英ヲ結眉ヲ促シ膝ヲ露ノ談清シ五

湖四ー海猶ホ龍ー貌萬ー水千ー山來ル雁ノ聲杳トシテ

北ー浜曾テ一ー撃蕭トシタル南ー寺却テ多ー情剪ル燈ヲ好

是レ秋ー風ノ容夜永ク要ス頌酬ニ兄ー舩ヲ

○宗ノ太ー守ノ席ー上率ヒ呈ス

三ー使ー君ニ

鰲宇

奉官遊海外才邁漢三明風度同中國

鄉望指北城離延歌四壯使節表雙旌

相遇無他事一心竭寸誠

○平太守席上奉酬

　　　　整宇林公

左海層濤影扶桑曉旭明　　星楂通日域

使節灜江城勝集欣傾蓋離魂逐去旌

驪珠字々寶珍重荷溪誠

○奉次韻

　　　　鷺湖

辱示韻

　　　宗馬州席上

　　　　竹庵

華堂拚レ勝會ヲ霜菊炤ㇾ延ヲ明カ秋ハ老ノ重陽ノ節

人ハ淹不ㇾ夜城交ㇾ懽繞ㇾ執ㇾ贄離ㇾ魂暗隨ㇾ旌

前後相思慶佳篇足ㇾ見誠ヲ

○陪ノ 馬嶋太守之宴呈ス

　　　　　　　　　鶴山

三大官使

秋ハ賓筵秋興多ク庭池晩霽靜ニ風波紫

薇雲遠ク三星影翠蜜園濃シ四牡ノ歌

○平拾遺ノ席上奉ㇾ次ル

　　　　　　竹庵

鶴山ノ韻ヲ

歡會偏ニ於テ此ノ夜ニ多シ滿林ノ秋影落ツ池波ニ新

交味洽還催別与愁惹驪駒　一曲ノ歌

○望冨士山　　　　竹庵道人

突兀層巒滇ノ上堪興秀気鍾ル一旬晦烟霧

八葉折芙蓉崛起靈皇ノ世仍テ名ク冨士ノ峰ト

護リ為リ江戸ノ蔽鎮作リ海山ノ宗峻可シ捫ス星斗ニ

森如束劔鋒根盤ニ諸砠ノ勢池澠ク百流ノ涼

半析疑權角中窪訝如穴胸俯臨ス群嶽ノ細

高巌大波洶壁雪排ニ三夏崔氷積ル幾ク冬

神功逃禹鑿秘牒類泰封ニ笘覽ル扶桑ノ志

余窺造化ノ蹤恨ム余カ行邑ノ迫ル終ニ求メ攪々吟ノ節ニ

○ 和奉ス

鶴山

一唱冨山ノ詠　三嘆衆美鍾　清風吹玉樹

秋水出紅蓼　宋子遠傳曲　朴公近望峰

薜邦修聘礼海外　仰文宗偶掲星軺筍

更揮健筆詞源通者溉　辧瀾派懸深

雲日千般思古今　萬巻胸雪花巓屹

天籟響洵　名勝壇光景　旅程経夏冬

聊将継高韻敬為送親封　多謝瓊瑤語

永留翰墨蹤　欲随難縮地　誰得葛陂筇

○奉呈

學士李公ノ案下　　　　　　　　　復軒山田原欽

仙査驛馬載詩人ヲ到ル處　定メテ知ル發シテ興ヲ新タニシ

海白雲多ーサツノ景　係メ裁メ錦繡ヲ學フ庭筠ヲ

○奉次ニ

復軒ノ詞案ニ　　　　　　　　　　　　　李鵬溟

天ニ潑メ壯觀ヲ屬シ詩人上　特ー地ノ風ー烟到ル底新ニ虛ー

館枉ケ来テ驚ク容夢ニ枕ー邊ノ寒ー韻立ツ霜ー筠ニ

○重ネ次テ前ー韻ニ拳ル

李公　　　　　　　　　　　　　　　　　復軒

自是乾坤　許俊人雅筵　逢接玉篇　新鵄

鴻弱羽　元難較奇弄高吟過露箔

○重謝

復軒詩案

眥君頓失窘中愁　玉雪清標援俗流異

李鵬濱

域萍逢天借便錦嚢風月許相酬

愛君之年猶童批而新詞妙筆援羣

超俗仙姿秀骨亦江東第一人物爲

留荒詞以爲異月之容顔且求瓊韻

之偶和

壬戌仲秋漢刕君士鵬溟稿

○次レ韻ヲ▢ニル

漢刕公ノ案ノ下ニ　　復軒

新ノ詩入テレ眼ニ破ルノ吾ガ愁ヲ

石元ト非スレ韜ノ籍ノ物ニ連ノ城　白ノ壁竟ニ難レ酬フと

料リ識ル雄ノ深ク極ノ學ノ流　燕ノ

○奉ノ呈ス　　　　　成翠虚

復軒ノ要スレ和ヲ

翻ントシテ書ノ記ス倖レ陳ノ琳ニ皎タル珊ノ瑚ノ出ガ海ノ心ヲ忽チ

遇テ孽軒ニ先ツ目ノ撃不レ坊ケ談ノ笑短ノ長ノ吟

○奉ル虞キニ

翠虚公見ゝ示ス韻ヲ　　　　　　　　復軒

一章ノ高詠等シ琅琳ニ圭ノ復正ニ看ル英傑ノ心今ニ

日攀龍少年ノ客拜ニ觀メ清采ヲ不ス堪ヘ吟ニ

○又贈テ一首ヲ

復軒ニ求ム和ヲ

○牽レ和ニ

添一蘭成射策ノ年英姿雅望定メテ詩仙　　翠虚

例ノ琪樹三ニ山ノ月與レト子端ニ宜ク做ニ百篇ヲ

翠虚公ノ重テ示ス韻ヲ　　　　　復軒

喜ビ見ル清容壬戌ノ年愧ヅ將ニ弱質ヲ接スルヲ騷仙ニ相

逢テ何ノ恨ミ聲音ノ異ニコト言道心情有リ妙篇ニ當タ

高詩以ニテ蘭ノ成ヲ見ル褒拜歡　何ツ當タ

呈ス　成學士ノ案下

竊ニ聞ノ　朝鮮國ノ之風儀其ノ人物文才

不レ讓ヲ于中華ニ笑　至陋ノ之志萬下見ニ其ノ人ヲ

窺テ其ノ文ヲ以テ有ノ之質シ于舊疾ヲ也　僕姓ハ山田

字ハ原ノ欽　名ハ熙　日本ノ國周防州ノ之産ハ

幼ヲ而志ス學然モ質性弱植不レ進ニ于途ニ嘗ニ

恐ルニ不レ至ラ于成ニ也　偶く羈旅トメ于此ノ會ニ　公ニ

等ニ因テ　貴國　大王ノ之　命ニ隨テ使来ルニ于

本ー朝ニ淹ー留スルノ之ー間 使メ僕ヲ 接シテ于 芝ー眉ニ 観ミル

于ー文ー章ヲ雖モ非ス無キニ蓬ー莱 玉ー樹ノ之 愧千而モ亦タ

一ー生ノ之大ー幸 得ノ不ニ述ルヲ以セシ詩ヲ乎 重テ賦メ一

絶ヲ以テ備フニ 高ー視ニ

扶ー桑ノ東ー界 興什天ー通スル文ー客 尋ネ来テ度ル海ー風ヲ氷ノ

鑑ー清ー標ー素 聞ノ誉 剰ル観ル神ー筆 逐ニ冥ー鴻ヲ

成ー学ー士 以筆ー語問余姓ー名故此詩ー序示ス

○ 謹ンテ次ク 復ー軒ノ示ー韻ニ 翠ー虚

不ー佞 入テ 東ー都ニ 有リ日一所ノ接スル多ー士 既ー已ニ

舘ー見ス矣 而メ深ク歎ス群ー賢蔚ニ興ッテ於明ー時ニ

矣不意頃者復軒公來尋於弊寓中

一見知其王雪其容錦繡其腸而且

酬唱之際動筆如飛可謂文質彬々名

君子人也聞其年十六歳云可謂風

成技萃者矣又知其長門大守之

得書記之能得其人也仍次其辱示

瓊韻吞之

○拳呈

万里仙查左海通青眸開處揖高風英

寸就吾何測偉績將看並大鴻

滄浪洪公

復軒

言語相違雖レ有レ恨接レ眉二可レ喜得レ伸レ懷珠

邦同レ趣茲ノ良會許下把二微詞一薦中閣臺上

○次ヲ贈ル

復軒秀才

異邦萍水真ニ奇會詩句猶ホ能ク當レ記レ懷安シ

興レ君游二汗漫ノ海山一隨レ處詠二樓臺一

滄浪

余在ル二舘二日一有テ二一少年一来レ見ユ眉目清揚

容止端雅宛カモ似二神仙中ノ人ニ一也叩ケバ二其ノ中ヲ一

則錦繡也珠璣也觀レバ二其ノ運レ筆ヲ隨テレ手ニ揮一

酒傍若レ無キガ人 其ノ奇才也 少年ノ之ノ所レ得ル

已ニ如レ此ノ佗ノ日ノ成就其レ可シヤ量ルカテ作レ詩贈ル

余ニ即チ次テ韻ヲ贈レ之ニ且題メ數語ヲ于紙ノ尾ニ

以テ道フ其ノ才ヲ因テ以テス賀下 長門太守ノ之ノ能ク

浮レ之ヲ也 壬戌仲秋滄浪走草

○席ノ上走ラメス和下

復軒見ルレ呈セ滄浪ノ韻ヲ上

寅賓館ノ裏幾カ酬唱百年今ノ一日　松溪

開ク好懐ヲ若レ

遣メ英村ヲ生セ異域ニ王楊盧駱亦興ノ臺

○廣ノ牽ス

松溪　見和セラレシヲ喜カ予進ニ滄浪ノ韻ヲ　　復軒

相見ルニ高材ヲ吾カ素志ニ依因メ好ク介シ浮通レ懐ヲ館ニ

中ノ佳句真ニ應レ貴ニ語意都テ同レ層ニ五臺ニ

松溪乃對馬太守之儒臣導接見韓客者亦在前唱之席故云

○　九月初二日韓客酬唱

◉　雨中訪フ

翠虚成公ノ旅館ヲ　　復軒

秋日雨寒催シ興ヲ来ル蕭然タル詩景浦ツ庭涯ニ莫レ

嫌驚起ニ周公ヲ去ル陋識頻ニ要ス接スルヲ傑才ニ

○　壱メ次ク

復軒ノ示韻シ
　　　　　　　　翠虚

玉樹ノ風姿　帯レ雨ヲ来ル青眸　相對シ喜ヒ無レ涯リ葷

堂ニ握レ手ヲ期ス清唱ヲ更ニ試ム東都不世ノ才

　○天贈テ

復軒ニ要ス和ヲ
　　　　　　　　　全

雄都ノ巨擘　儘ク如レ雲ノ最モ愛ス公カ才　自ラ不レ群ヲ少

行盛ノ名　超ヲ國士ニ悦ヒ逢フ江左ノ沈休文

　○率レ和

翠虚　成公ノ示韻ヲ
　　　　　　　　　復軒

渺々タル蒼溟　万里ノ雲　喜ヒ観ル鸞鶴不ルヲ雞群ニ舉ラ却テ

慚ッ明鑑枉ク褒譽ヲ才短メ安ンゾ能ク解セン古文ヲ

○率レ呈レ

學士李公ノ案下ニ　　　　　復軒

已ニ觀ルニカ到ルヲ高深ニ筆落テ墨痕龍欲スレ吟セント願ハ

得テ瓊章ノ煥タルヲ古今ヲ為メ我カ顓レ棘ヲ潤サン枯心ヲ

○斈メ謝ス

復軒秀才ニ　　　　　鵬濱

握ッテ手ヲ逢場ニ情味深ク容慂ノ秋雨共ニ悶吟明

復ヲ朝別ノ後堪ン惆悵ト為メ寫ツテ荒詞ヲ贈ルニ我心ヲ

○用テ塵ヲ三韻ヲ呈ス

復軒ノ案ニ

　　　　　　　　　　鵬濱

秋鷹整ヒレ翮ヲ九霄ノ雲　為メニ愛ス仙姿ノ迥カニ不レ羣ヲ白ク

雪陽春誠ニ寡レ和　海東千載耀ヤカス奎文ヲ

○次ニ贈ル

復軒秀士

　　　　　　　　　　滄浪

別君カ麗藻ノ筆凌ヒテレ雲ヲ高ク視ル乾坤思ヒ不レ群ヲ

遐即チ知ル明日ノ別レ且　将ニ談笑共ニ論スレ文ヲ

○重テ次テ前韻ヲ率ヒレ和ニ

　　　　　　　　　　復軒

滄浪洪公ニ

語意岑樓高ク出ツレ雲ヲ卓然タル風格自ラ超ヘレ群ヲ相

逢リテ料リ得タリ還テ相別ルヽヿヲ愛ニ惜メ寸ー陰ヲ共ニ道ハレ文ヲ

〇席上贈ニ

翠虛漢洲滄浪ノ三賢ニ　漢洲ハ即チ鵬濱

復軒

相見便チ相別ルヽ暫ー時入ル鶴ー羣ニ何ノ年カ重テ對セシ面ニ

好ー句故ニ勸ムレ君ニ河ー漢同ク明ー月東ー西共ニ白ー雲

良ー逢真ニ不ルレ再ヒセ須クレ想ニ見ル雄ー文ヲ

○拝呈

翠虚成公　侍右

謹啓亭是澱津晩生姓長岡名省一

號元甫又稱橋軒者也方聆

大聘使東都禮畢而返施西京水陸逞

還震良安穏而濟士各自無它

也闔國之慶歡聲滿巷至珍至重可

嘉甲而尚焉予素服

盛名而率劣男名清號山亭者來齋刺

俱拜謁各獻摺箋三握奉申芹忱薄

儀雖レ愧ッ不レ時ヲ方ー物聊カ以テ贈ル

行ー枉テ賜ハ、

莞レ留ヲ則惟ー幸惟ー甚クヲ伏レ乞フ

遜レ貰ヲ

維レ時

九月二十八日

　　　　　　山頓首拜

○奉ニ謝ス

元ー甫公ノ　詞ー案ニ

不ー佞頃ヨ以テ槎ー役ヲ遠ク渉リ万ー里ノ之重ー溟ヲ維ニ

舟ッ於大ー坂ノ城ー頭ニ留ニ連ス旅ー館ニ之ー際タテ因ニ稠ー

人廣坐ノ之中ニ獲テ聞ヲ

明名ヲ詳知ニ其ノ長者ノ之風ヲ久シ矣不レ料孫者

高軒枉過テ客居一ヲ接ノ

芝眉已識其ノ不ンル易得之雅韵沖襟出ルヲ乎

流輩ニ不レ覚欣ヽ幸シヤ短ヲ且ツ

尺一ノ華翰照ス人ヲ阿堵満紙ノ語ヽ意鄭重ニ示レ

我ニ以繼綣之深情ヲ慰スル我ニ以スヲ險路迢返ノ

之旅思已極テ味安而加ルニ以テ

帯来五龍齋テ刺俱ニ臨ヲ亦甚ダ瞿然ノ之至ナリ併テ

對ス

陶儀摸範其幸可量哉又其

鹽行六筵實是夢外拜謝僕僕　　　成琬敬復

壬戌季秋

○奉呈

成進士　案下　　　　　　　　橘軒

異域相逢真世榮　通情心畫結詩盟秋

天章有

溫顏在坐了春風慰鄙生

○走次

橘軒　京韻

翠虛

宏-材千-古比-スレ皇-繁-輪-苑曾-堅-墨-子ノ盟洛-

下ノ青-眸真ノ一-夢筆-端ノ佳-句起-鰕-生-

○奉レ呈-

學-士成-公梧-右山-立拜

韓-客西-歸休-フ洛-城高-標景-仰ノ幾-葵-傾-堪-

欣-二笔-舌代-二鞋-語殊-域同レ文本-太-平

○奉レ次

山-立示-韻翠-虚

客-自リ關-東-駐-鳳-城-忽-逢-蕭-寺益-初-傾陽-

春ノ一-曲能-驚レ我ヲ文-采何ノ-辭-禍-正-平

○漫ニ裁ノ絶句 一章ヲ呈ス

斂正 洪公 座下ニ

異域修盟ヲ歸ル北濱ニ 遠遊 可賀ス

堂今日諸賢聚知ヌ是レ

使星元德星

橘軒

○即座走次シ

橘軒ノ 示韻ヲ

洪滄浪

仙槎今欲返滄濱ニ 王事亞遑不暇寧忽チ

漫相逢談笑ノ地

君家自有兩丈星

○卒綴ノ一詩ヲ呈ス

滄浪洪公ノ　机右ニ

嘉賓曾テ聽ク武科ノ官豈ニ意ンヤ文才　驚ズ寸丹ヲ爲ニ

祝ス星槎風伯護リ榮旋波穏ニ入ルヲ

三韓ニ

○次グ

山立ノ　示韻ニ

五月東槎喬ス幕官歸ル時楓葉欲ス凋ント丹西

京自リ是レ文明ノ地拭テ目ヲ今朝幸ニ識ル韓ニ

○再ビ唱テ巳人一曲ヲ呈ス

滄浪艸

翠虛

滄浪ノ兩雅公ニ奉リ謝ス

芳酬ヲ

　　　　　　　　　　山立

高和聯珠俱妙工　吟遍歓袟記豪雄

江陸海分雙派派起波瀾　入日東

○又次ク

山立　示韻　　　　滄浪

毫端妙語奪天工興趣清深格力雄父

子能詩俱若是聲名從此滿天東

○追啓

翠虛公 机下ニ

今日ノ邂逅ハ異域同床誠ニ是レ希世ノ良

緣也一旦分二手ヲ則奈ニ渭樹江雲一何ノ故ニ

雖ニ

行期日ニ迫テ恐ハ妨軤掌ニ而再ヒ揮ニ

大手筆ヲ辱賜ハ

睿載則袖ニ白璧一雙ヲ還而欲ニ擬ニ異時

神交之

眉目也請フ

君思焉

○答　　　　　　　虛

和ニ爲ス計ルニ　方ニ有リ　使相ノ前向キ稟事ヲ後日更ニ會フ㕣キ

1682년 한일 문사 교류 담당층의 확립과 소통의 확대

구지현

1. 머리말

1607년 이래로 조선은 총 12차례의 사신을 일본 도쿠가와막부에 파견하였다. 이는 표류와 같은 뜻밖의 사고를 제외하고는 양국인이 직접 만날 수 있는 유일한 기회였다. 그 가운데 한문능력을 지닌 문사들 사이에 이루어진 필담과 창화시는 가장 생생하게 직접적으로 교류하는 모습을 보여준다. 당시 편집 혹은 출간된 필담창화집은 현재 150여 종 이상이 남아 있으며, 여전히 더 발견될 가능성이 있다.[1]

필담창화집의 출현은 한문 능력을 갖춘 일본 유자층의 형성과 관련

---

* 1682년에 파견된 제7차 통신사 때에 편집된 『화한창수집(和韓唱酬集)』의 이해를 돕기 위해 이 논문을 덧붙인다.

1 필담창화집의 전체 목록의 소개는 이원식(『朝鮮通信使の硏究』, 思文閣出版, 2006)과 다카하시 마사히코(高橋昌彦, 「朝鮮通信使唱和集目錄稿(一)」, 『福岡大學硏究部論集』A : 人文科學編 Vol.6 No.8, 福岡大學硏究推進部, 2007. ; 「朝鮮通信使唱和集目錄稿(二)」, 『福岡大學硏究部論集』A : 人文科學編 Vol.9 No.1, 福岡大學硏究推進部, 2009)의 연구가 가장 상세하다. 미노와 요시쓰구(箕輪吉次, 「天和二年(1682)の筆語唱和」, 『日語日文學硏究』63집, 한국일어일문학회, 2007, 417~438쪽)는 전체 목록에서 빠져있는 宗家文庫 소장의 1682년 목록을 소개하였다.

이 깊다. 와타나베 히로시는 도쿠가와 막부 시대 새로 등장한 유자 계층이 "'모노요미보즈'[物讀み坊主]란 자격으로―번듯한 무사 신분과는 격이 다른― 의사 등과 같은 특수기능자로 취급받는 것이 통례"였으며, 4대에 걸쳐 쇼군을 모신 하야시 라잔조차 "侍講"이라기보다는 "오토기슈[御伽衆]", 즉 쇼군의 말상대 정도에 해당하는 사람이었다고 지적하였다.[2] 조선 문사와 만났던 일본 문사들은 모노요미보즈, 즉 한문으로 된 서적을 읽고 해독하는 일종의 통역과 같은 위치에 있었던 것이다. 이들이 조선 문사와 필담창화를 하게 된 근본적인 목적은 한문 능력을 통해 主君에게 봉사하기 위한 것이었다고 할 수 있다.

처음 독자적인 간본 필담창화집이 출현한 것은 1636년 제4차 사행 때였다.[3] 와다 세이칸카[和田靜觀窩, 1607~?]의 『朝鮮人筆語』는 그가 한문필담을 통하여 번주 와키자카 야스모토[脇坂安元, 1584~1654]를 대신해 통신사 사행원으로부터 시서화를 얻는 과정을 보여준다. 번에 소속된 유관들이 통신사 접대의 전면에 나서게 된 까닭을 짐작하게 해주는 부분이다.

반면 같은 시기에 남겨진 이사카와 조잔[石川丈山, 1583~1672]의 『朝鮮筆談集』은 순전히 이문학관 權伏(1599~1667)과의 필담을 기록한 것이다. 만나게 된 경위부터 내용까지 조잔 자신의 학연과 지적 능력이 중요한 매개체로 작용하였고, 만남의 주된 목적은 개인적 욕구를 실현

---

2 와타나베 히로시 지음, 박홍규 옮김, 『주자학과 근세일본사회』, 예문서원, 2007, 42~44쪽.

3 구지현, 「17世紀 筆談唱和集의 出現과 初期形態」, 『東洋漢文學研究』 30집, 東洋漢文學會, 2010, 123~155쪽.

시키기 위한 것이었다. 문재가 뛰어난 권칙이 이문학관의 직임으로
사행에 참여함으로써[4] 조잔의 욕구 역시 실현될 수 있었다. 이는 직접
적인 대면이 개인적 욕구의 실현으로 이어질 수 있는 가능성을 보여주
는 전범이라 할 수 있다.

　조잔의 필담집이 1682년, 1711년 등 교류에 참여하는 일본문사의
수가 비약적으로 확대된 시기 상업적 간행이 이루어졌다. 이 사실을
통해 조선 문사를 만나려는 일본 문사들의 내면적인 욕구가 어디에
있었는지를 짐작할 수 있다. 1636년 주군의 심부름을 하는 세이칸카조
차 서기와 사자원, 화원들을 만나는 과정에서 자신만을 위한 글을 받
아내려고 노력하는 모습을 보여준다. 일본 문사의 대다수는 번 혹은
막부에 소속된 유관들로, 사행록에 그들을 "급사" 정도로 서술하는 경
우도 있었다. 그러나 공적인 임무의 수행이란 직접적인 대면을 의미하
였으므로, 개인적인 교유가 이루어질 가능성은 항상 존재하고 있었다.
이후 통신사가 거듭될수록 개인적인 교유를 맺는 것은 매우 당연하고
자연스러운 현상으로 변모해 나간다. 현재 통신사가 한일간 민간문화
교류의 상징으로 채용될 수 있는 것도 개인적 교유로 확대된 18세기로
부터 기인한다고 할 것이다.

　1682년 壬戌/天和 통신사 시기 이루어진 한일 문사의 만남에 대해
이원식은 구체적인 인물들 간의 교류를 자료 중심으로 검토한 바 있고,[5]
이혜순은 확대된 교류층에 대해 지적한 바 있다.[6] 이 시기 필담창화집

4　구지현, 「權佶 撰『詩人要考集』의 일본 전래와 간행의 의미」, 『영주어문』 18집, 영주
　어문학회, 2009, 61~86쪽.
5　이원식, 앞의 책, 160~228쪽.

을 토대로 살펴보면 일본의 교류층이 연로의 藩을 중심으로 한 유자층
으로 확대되면서 필담창화의 양과 횟수가 증가했다. 시작은 주군의
대리인으로서 접대하는 역할을 수행하는 것이었지만, 직접 대면하여
필담을 나누는 과정에서 소통의 폭이 확대되는 경향을 보인다. 조선
사행원들도 이전 사행과는 다르게 매우 적극적으로 이에 응대하였다.
결과적으로 1682년은 양국의 필담창화 담당층이 형성되어, 이후 양국
문사 교류 전개의 기초를 마련하는 시기가 되었다.

본고에서는 1682년 필담창화집을 대상으로 하여, 교류 담당층이 확
립되어 가는 과정을 추적하고 소통방식을 고찰함으로써 양국 문사 교
류의 구체적 실상을 탐색하고자 한다.

2. 1682년 양국 교류의 경향

통신사의 사행기간 동안 조선과 일본인의 만남이 자유롭게 이루어
졌던 것은 아니다. 조선인을 만나려는 일본인은 쓰시마번의 중개를
통해야만 했고 쓰시마번에서는 양국인의 필담창화를 기록해 막부에
보고해야 하는 의무가 있었다. 규제가 없더라도 외국 사절을 만나는
것이기 때문에, 양국에 외교적으로 민감한 사안을 제한하거나 무례한
태도를 자제하는 상황이 연출되었으리라는 것은 충분히 짐작할 수 있
는 바이다.

---

6 이혜순, 『조선통신사의 문학』, 이화여대출판부, 1995, 94~117쪽.

그런데 1682년 필담창화집을 살펴보면 정중한 외교적 언사의 필담과 시의 창수로 채워져 있는 와중에 특정한 주제를 가지고 긴 대화를 이어가는 필담이 발견되기 시작한다. 이는 양국문인의 교류에 질적인 변화를 가져오게 하는 하나의 징조라고 할 수 있다. 이러한 필담을 대상으로 하여 교류 담당층이 확립되고 필담주제가 확대되는 경향을 고찰해보도록 하겠다.

1) 일본의 한문 문화 욕구와 조선의 대응 :
   인견학산(人見鶴山)의 『한사수구록(韓使手口錄)』

箕輪吉次는 1682년 조선의 書契 및 謄錄의 기록과 쓰시마 도주의 서한을 통해 일본 쪽에서 "能文·能書·能射·能馭"의 사행원을 요청하고 있음을 지적한 바 있다.[7] 여기에서 能書와 能文은 1682년 새로 설치된 제술관 및 증원된 사자관, 화원 등을, 能射와 能馭는 1636년부터 馬上才 공연을 위해 파견한 군관들을 지칭한다고 볼 수 있다. 良醫에 대해 "일본의 요청이 있으면 의술에 정통한 자를 선발해 보낸다."는 『通文館志』 기록을 아울러 생각해보면, 일본인과의 직접 교류를 담당했던 사행원은 일본 쪽 요구에 부응하기 위하여 구성된 것이라 할 수 있으며, 이 새로운 구성은 임술사행부터 시작되었다.

히토미 가쿠잔[人見鶴山, 1638~1696]은 통신사가 에도에 머물 때 관소를 드나들며 조선인과 접하였다. 그의『韓使手口錄』은 창화시와 필담을 위주로 기록하는 여느 필담창화집과 달리 날짜에 따라 사건을 기록

---

7 箕輪吉次, 앞의 책, 417~438쪽.

하는 일기 형식을 취하고 있다. 따라서 "能文·能書"의 사행원이 일본에서 활동하는 모습을 생생하게 엿볼 수 있다.

> 오후 내가 혼세이지에 도착했을 때 미즈노 타다하루 및 관반 좌경조 나이토 요시무네·대개 오가사와라 나가타네가 중당에 있었다. 조선 판사 안신휘호는 성재 및 사자관 이삼석호는 설월당·이화립호는 한송재, 화사 함제건호는 동암이 혹은 큰 글자를 대신 쓰기도 하고 혹은 수묵도를 그리기도 하였다. 나는 도착해서 타다하루의 옆에 앉아 구경하였다. 제건이 먼저 대나무 몇 폭을 그리고 나서 팔팔조 같은 작은 새를 그렸다. 내가 통사를 시켜 물었더니 제건이 "까치까치"라고 하였다. 내가 새 이름이 무엇이냐고 물었으나 제건이 글자를 몰라 이삼석과 말을 주고받았다. 그러자 삼석이 붓을 들고 종이 조각에 "저조(楮鳥). 울음소리 때문에 속칭 까치까치라고 함."이라고 썼다.[8]

위 인용문은 8월 24일 가쿠잔이 통신사 관소인 혼세이지에 도착했을 때의 정경을 묘사한 부분이다. 중당에 있던 미즈노 타다하루[水野忠春, 1641~1692]는 막부의 요직인 奏者番兼寺社奉行이었고, 좌경대부 나이토 요시무네[內藤義槪, 1619~1685]와 修理大夫 오가사와라 나가타네[小笠原長胤, 1668~1709]는 통신사 접대역에 임명된 다이묘들이었다. 이

---

8 "午後, 余到本誓寺, 水野忠春及館伴內藤左京兆義槪·小笠原大介長胤, 在中堂, 朝鮮判事安愼徽 号直竺, 及寫字官李三錫 号雪月堂·李華立 号寒松齋·畫師咸悌健 号東巖, 或代書大字, 或作水墨圖. 余至坐于忠春之側觀之, 悌健先畫竹數幅, 而畫小鳥如八八鳥. 余使通事者問之, 悌健曰, 加志加志. 余問曰, 鳥名何字. 悌健不知字, 與李三錫相言. 於是, 三錫把筆書片紙曰, 楮鳥, 以其鳴音俗稱加志加志."(『韓使手口錄』 8월 24일자)

들은 당시 일본의 주요 관직을 차지하고 있었던 인물이고 사자관인
이화립과 이삼석, 화원인 함제건은 이들의 요청에 따라 글자를 써 주
거나 그림을 그리고 있었던 것이다. 여기에서 막부의 유신인 가쿠잔의
역할은 무엇이었을까?

> 이때 섭진수 아키모토 다카토모·대화수 사카이 다다쿠니가 왔다.
> 다다쿠니가 내게 "권좌 타다오다다쿠니의 아우가 올 것이다."라고 했다.
> 내가 외당으로 가서 맞이했다. 이때 홋타 오리베 마사아키와 아우 효
> 부 토시카네원로의 둘째 셋째 아들가 왔다. 타다오도 왔다. 내가 세 사람
> 을 중당으로 인도했다. 손님들이 단란하게 서화를 구경하고 있었다.
> 큰 글자를 청하는 사람도 있었고 그림을 그리라고 명하는 사람도 있
> 었다. 잠시 있다가 다카토모, 다다쿠니, 마사아키, 토시카네, 타다오
> 와 내가 중당의 남쪽 행랑으로 갔다. 정사 시동 김중천이 지나갔다.
> 손님들이 그 동자와 부사 소동 배봉장12세 등을 불러 함께 필담을 했
> 다.[9]

아키모토와 사카이 집안은 일본 막부를 떠받치는 유력한 집안이었
다. 특히 홋타 형제의 아버지인 大老 홋타 마사토시[堀田正俊, 1634~
1684]는 도쿠가와 쓰나요시가 5대 쇼군에 즉위하는데 실질적인 힘을
발휘한 사람이기도 했다. 가쿠잔은 이들을 맞이하고 안내하며 그들이

---

9 "於是, 攝津守秋元喬朝·大和守酒井忠國來. 忠國語余曰, 權佐忠雄忠國弟將來, 余
　迎之到外堂. 時堀田織部正昭及弟兵部俊兼元老之次子三子來, 忠雄亦來, 余導三子到
　中堂, 諸客團欒觀書畵, 或有請大字之人, 或有命畵之人. 少焉, 喬朝·忠國·正昭·俊
　兼·忠雄及余到中堂之南廂, 有正使侍童金重千之過, 衆客呼其童及副使小童裵鳳章
　年十二 等, 共筆語"(『韓使手口錄』8월 24일자)

원하는 글과 그림을 받을 수 있도록 주선하는 역할을 하고 있다. 가쿠잔은 "며칠 사이 자리를 함께하고 서안을 마주하여 필담을 한 자가 여러 명이었고 내 붓을 빌린 자 역시 많았다"[10]라고 필담을 하게 된 경위를 설명하였는데, 바로 이런 유력자들을 대신해 필담을 하는 것이 가쿠잔의 역할이라고 할 수 있다.

여기에서 주목을 끄는 것은 사자관, 화원이 있는데도 소동에게까지 글을 청하는 장면이 자주 보인다는 것이다. 조선측 사행원을 만나면 필담을 시도해 보고 한문이 가능하면 곧 글자를 청하는데 이러한 주선 역시 가쿠잔이 담당하고 있다. 일본인들이 시서화를 얻고자 하는 욕구는 그 임무를 담당하도록 파견된 사행원의 역량을 훨씬 뛰어넘는 수준에 이르고 있음을 확인할 수 있다.

이때 취허 성진사가 와서 나를 보고 읍했다. 손님들이 큰 글자를 청하며 나를 시켜 말하게 했다. … 그래서 취허가 큰 글자를 썼다. 여러 손님들이 각기 청하였고 혹 고시 몇 장을 쓰기도 하였다. 비장 몇 사람이 와서 구경하였다. 그 가운데 비장 한 명이 서서 구경하다가 웃으며 "글자가 안 좋아."라고 말했다. 내가 그의 이름을 물으니 죽당이라고 하였다. 통사를 시켜 비장들에게 물으니 모두 "사자관은 아니지만 글자를 잘 쓴다."라고 하였다. 여러 손님들이 죽당의 글을 청하자 죽당은 사양했다. 그러나 억지로 쓰게 해 죽당이 몇 장 썼는데 글자가 조금 훌륭했다. 내가 그의 성명을 물으니 윤취지라고 하였다. 이 사이 내가 닌처사를 불러와 다다쿠니, 마사아키, 토시카네, 타다오가

---

10 "數日之間 同席連袂筆語者數人 乃假余之筆者亦多矣"(『韓使手口錄』 서문)

처사를 시켜 필담을 하게 했다.[11]

　제술관 성완은 일본인들의 청에 따라 글을 써주었다. 이때도 가쿠잔
은 일본측 유력자들을 대신하여 필담으로 뜻을 전달한다. 이때 우연히
함께 있던 죽당이라는 인물은 『韓使手口錄』을 비롯한 일본 기록에 윤
취지(尹就之)라고 잘못 기록되어 있는데, 죽당은 바로 부사에 소속된
군관 윤취오(尹就五)의 호이다. 그는 군관의 신분으로 사행에 참여하였
으며, 자제군관이 아닌 실제 무관이었다. 문재를 갖추고 있으리라고
예상하기 어려운 신분인 것이다. 그러나 가쿠잔은 작은 기미를 놓치지
않고 그의 문재에 주목한다. 글이 가능하다면 임무에 합당한 사행원이
든 아니든 촉각을 곤두세우고 탐색하는 모습을 보이는 것이다. 또 일
본 유력자들을 위해 필담을 하는 일 역시 가쿠잔 혼자서는 충분치 않
았기 때문에 문하의 任公定을 불러들인다. 한편 일개 무관 신분의 윤
취오가 일본 막부 핵심인물의 청을 거절하기는 어려웠을 것이다.

　　이때 비장 윤죽당이 왔다. 창랑과 말을 하다가 통사와 말을 하다가
　　했는데 그의 말에 화난 기색이 있었다. 앉아있던 사람들이 통사에게
　　물으니 통사가 말하기를, 앞서 쓰시마 태수의 명으로 불렀으나 오지
　　않자 글자를 쓰게 하려고 여러 차례 사람을 보내 재촉했다고 한다.

---

11 "於是, 翠虛成進士, 來見余而揖. 衆客請書大字, 使余言之. …於是, 翠虛書大字, 衆
　客亦各請之, 或書古詩數牋. 神將數人來觀之, 中有一神將立觀之笑曰, 字不好也. 余
　問其名曰竹堂. 使通事問諸神將, 皆曰, 是乃非寫字官, 然能書矣. 衆客請竹堂之書, 竹
　堂辭之, 然強使之書, 竹堂書數牋, 字梢佳. 余問其姓名, 曰尹就之. 此間, 余呼任處士
　來, 忠國·正昭·俊兼·忠雄命處士作筆語."(『韓使手口錄』8월 24일자)

그러자 와서 "태수가 불러서 왔지만 태수는 여기 없군. 나는 종사관 어른과 바둑을 두었는데 크게 져서 불쾌하다. 난 가야겠다."라고 하였다고 한다. 통사들이 만류하면서 "쓰시마 태수가 귀한 손님 여러 분을 초대하고서 경에게 글자를 쓰게 하려고 청했으니 경은 빨리 떠나지 마십시오."라고 하였다. 죽당은 발끈해서 "바둑에 져서 불쾌하고 불쾌하다. 빨리 돌아가 이겨야 하니 글자 쓸 생각이 없다."라고 하였다. 통사가 억지로 만류하고 창랑 등도 타일렀다. 그러나 듣지 않고 옷을 떨치고 가버렸다.[12]

가쿠잔이 윤취오의 실력을 알아본 것은 8월 24일이었다. 위 인용문은 불과 열흘 정도 지난 9월 5일의 기록이다. 이 사이 윤취오는 여러 차례 일본인의 요청에 따라 글을 써주었던 것으로 보인다. 그러다가 이날 몇 차례의 재촉 때문에 쓰시마 도주에게 불려 나갔다. 그 역시 일본인의 문사 욕구를 만족시켜 주기 위한 것이었다. 사신과 한가히 바둑 둘 시간조차 빼앗기는 것이 윤취오로서는 불만스러웠을 것이다. 사행단에는 일본이 요청한 "能書"의 인원에 해당되는 구성원인 제술관 및 사자관 2인이 포함되어 있었으므로 군관 윤취오가 담당할 일은 아니었다. 이렇게 일본인의 시서화에 대한 욕구는 규정된 사행원이 다 감당할 수준을 상회하는 것이었고, 막부 유관이 이를 주선하기에도 버거운 것이었다.

---

12 "時裨將尹竹堂來, 與滄浪言, 或與通事言, 其言艴然. 座客問通事, 通事言前刻, 以對馬太守之命, 招之不來, 欲使之寫字, 屢遣人促之, 故來而曰, 以太守之招而來, 然太守不在此, 余與從事老爺圍碁, 太輪之不快. 余宜去之云云. 通事等留之曰, 對馬太守招衆貴客, 請卿欲寫字, 卿勿速去. 竹堂勃然曰, 余輪局, 不快不快. 早歸而欲勝之, 無寫字之意. 通事强留之, 滄浪等亦諭之, 然不聽振衣遂去."(『韓使手口錄』 9월 5일자)

조선의 외교관계를 망라한『通文館志』는 사역원 소속 관원이었던 김지남(金指南, 1654~1728)·김경문(金慶門, 1673~1737) 부자가 편찬하였고, 1720년 처음 간행되었다.『통문관지』6권「通信使行」조에는 통신 사행의 인적 구성에 대해 자세히 설명되어 있다. 편찬자 김지남은 1682년 임술사행에 한학통사로 참여한 바 있다. 이때의 경험이『통문관지』편찬에 주요하게 작용했으리라는 것은 충분히 짐작할 수 있는 바이다.

그러나 김지남의『東槎日錄』에 실린 사행원 명단과『통문관지』의 기록이 정확히 일치하는 것은 아니다.『통문관지』에는 1682년부터 사신이 각각 서기 1명씩을 대동하게 되어 있으나[13] 실제 사행에서는 부사와 종사관만이 서기를 대동하였다. 제술관이 정사 휘하에 소속되어 있었기 때문에 별도로 정사 서기를 배치하지 않았던 것으로 추측된다.

그런데 1682년 필담창화집 중 가장 거질인『和韓唱酬集』에 등장하는 조선 쪽 인물은 정사 윤지완(尹趾完, 1635~1718), 부사 이언강(李彦綱, 1648~1716), 종사관 박경후(朴慶後, 1644~?), 제술관 성완(成琬, 1639~?), 종사관 서기 이담령(李聃齡, ?~?), 부사의 자제군관 홍세태(洪世泰, 1653~1725), 상통사 안신휘(安愼徽, 1640~?), 양의 정두준(鄭斗俊, 1639~?)이다. 이 중 세 사신의 창화시는 호행장로 祖辰과 같이 특별한 경우 외에는 보이지 않고, 성완·이담령·홍세태가 여기 등장하는 38명의 일본인을 주로 응대하였다.『朝鮮人筆談幷贈答詩』에 등장하는 6명의 일본

---

13 "書記三員 三使各帶一員 依軍官例啓下事 康熙壬戌 榻前定奪"(『통문관지』6권「通信使行」)

인을 응대한 사람들도 이 세 사람이며, 그 가운데 간간이 안신휘와 정두준이 등장한다.

역관, 군관, 서기와 같이 다양한 직임을 가진 조선 문사가 일본인 응대에 나선 이유는 무엇일까? 앞서 윤취오의 경우에서 보듯 일본인의 문사에 대한 욕구를 제술관 혼자 실제 교류의 현장에서 감당하기에는 부족했던 것으로 보인다. 磐城平藩의 유관 板坂爲篤은 "한인 362명 중 문사에 통하는 자가 단 4명으로 이른바 학사 성취허, 진사 이붕명, 판사 안신휘, 부사 비장 홍래숙이었으니 문재를 얻기 어렵다 할 만하다. 다만 세 사신은 여기에 관여하지 않았다."라고 하면서 아울러 군관, 역관 중 조금이라도 문자를 알거나 기예가 있는 사행원은 따로 명단에 표기를 해두었다.[14] 板坂爲篤이 사신을 만날 수 없는 상황에서 한문으로 소통이 가능한 인물이라면 지위고하를 막론하고 접촉을 시도했던 것이다.

일본 다이묘 혹은 유력자들의 시서화에 대한 욕구는 한문적 소양을 갖춘 유자들이 필요했다. 1682년 직접 필담에 참여한 일본 문사 대부분이 막부와 번에 소속된 유관이었던 것은 조선인 가운데 시서화의 재주를 가진 사람을 변별해 내고 주군을 위해 시서화 요청을 주선해야 했기 때문이다. 이러한 한문 문화에 대한 욕구는 통신사 사행원의 구성에도 변화를 가져왔다. 제술관만으로는 부족했기 때문에 문장 능력이 있는 서기, 자제군관, 역관이 필담 대응의 전면에 나설 수밖에 없었

---

14 "凡韓人三百六十二員 身通操觚者只四人 所謂學士成翠虛 進士李鵬溟 判事安愼徽 副使裨將洪來淑也 可謂得文才之難也矣 但三官使 不關于斯焉"(『和韓唱酬集』 卷四 2장)

다. 이후 사행부터 각 사신에 딸려 있는 서기 3인이 고정되고 이들도
제술관과 함께 일본 문인 응대를 담당했던 것은 1682년의 경험이 주요
하게 작용했다고 보아야 할 것이다.

2) 번의 학문 장려에 따른 주제의 확대 :
水戸번의 『선상필어(鮮桑筆語)』

1682년 필담자료 중에 윤지완을 비롯한 자신들과 도쿠가와 미쓰쿠
니[德川光圀, 1628~1701]가 주고받은 서한이 포함되어 있다. 『水戸公朝
鮮人贈答集』[15]와 『西山遺事』[16]에 부록으로 붙어있는 서한 등 같은 내용
이지만 여러 종의 필사본이 발견된다. 다른 다이묘들과 달리 본인이
직접 서한을 교환할 수 있었던 것은 그 자신이 한문과 한시에 능하였
고 박학다식한 학자로서의 면모를 갖추고 있었기 때문이었다.

미쓰쿠니는 彰考館을 설립하고 유학자를 초빙하여 일본사 편찬을
시작하였다. 이때 초빙된 명나라 유민 슈순스이[朱舜水, 1600~1682]는
중국문화를 전수하고 제자를 길러내 水戸學의 기초를 다졌다. 미쓰쿠
니 당시에 彰考館 관원이 130명 전후에 이르렀는데, 이들을 일본 각지
에 파견하여 사료를 모으게 하였다. 이때 『大日本史』의 外國傳에 조선
의 사료로서 『東國通鑑』과 『三國史記』가 이용되었다. 뿐만 아니라 미
쓰쿠니는 『東國通鑑』을 출간하기도 했다. 林家에서도 구하지 못한 『東
國通鑑』을 그가 구한 것을 보면, 수집능력이 얼마나 대단한 지 알 수

---

15 국립중앙도서관 소장.
16 도쿄도립중앙도서관 소장.

있는 대목이다.

미쓰쿠니는 도쿠가와 성을 쓰는 御三家 중 水戶藩의 2대 번주였다. 水戶藩은 3차부터 11차 통신사에 이르기까지 三島와 吉田 사이와 日光山 왕래에서의 경호와 인마를 제공하였다. 또한 에도성에서 연회를 베풀 때 통신사의 접대를 담당하였다. 정사 윤지완과 미쓰쿠니가 주고받은 서한에는 이 연회에서 서로 보았다는 언급이 나온다. 1682년 미쓰쿠니 쪽에서 상당량의 은을 통신사에게 선물로 보냈고 이를 거절하는 내용과 재차 권하는 내용의 편지가 몇 차례 오갔다.

통신사행 때마다 水戶藩 인물들의 필담창화가 있었는데, 1682년 독자적인 필담창화집으로는 미쓰쿠니의 『桑韓筆語』와 나카무라 고케이 [中村篁溪, 1647~1712]의 『韓客贈酬筆語』의 존재가 확인된다.[17] 이 필담집의 실물은 발견되지 않았지만, 미쓰쿠니 자신뿐 아니라 水戶의 藩士들이 조선 문사를 만난 사실은 충분히 짐작할 수 있다. 더 나아가 藩士들이 조선 사행원을 만난 것이 미쓰쿠니의 명에 따른 것임을 알려주는 기록도 보인다.

이런 모습은 조선 쪽 기록인 김지남의 『東槎日錄』에서 확인할 수 있다. 에도에서 관소를 산책하던 중 말을 붙이려고 기회를 엿보는 일본인에 대해 기술하였는데, 그가 누구인지는 불분명하나 "수호재는 우리 군주의 지친으로 부귀가 비할 데 없고 맡은 임무 역시 막중합니다. 녹봉을 내어 선비를 기르고 나라를 위해 충성을 다하니 내가 이곳에 온 것도 세 번 초빙한 돌봄을 입었기 때문입니다."[18]라고 자신을 설명

---

17 秋山高知, 『水戶の文人』, ぺりかん社, 2009, 273쪽.
18 "水戶宰以吾君至親 富貴無比 倚任且重 捐俸養士 爲國盡誠 俺之來此 亦荷三聘之眷

1682년 한일 문사 교류 담당층의 확립과 소통의 확대 213

하였다. 이를 통해 그가 초빙을 받아 水戶藩에서 벼슬하게 된 藩士임
을 알 수 있다.

『桃源遺事』에는 미쓰쿠니가 쓰시마 도주의 이해를 얻어 彰考館 관
원인 이마이 로사이[今井魯齋, 1652~1689]와 나카무라 고케이, 藩醫인
森指月 등 3명으로 하여금 여러 차례 조선 사행원을 만나도록 하여,
禽獸草木 및 國字 등 미쓰쿠니가 지시했던 일을 묻도록 했다는 기록이
보인다.[19] 미쓰쿠니는 통신사행을 자신의 관심분야에 대해 정보를 수
집하는 기회로 삼았으며, 이때 한문 능력이 있는 자신의 藩士들을 활
용했다. 즉, 일찍부터 문화 사업이 시작되었던 水戶藩은 조선인의 시
서화를 얻어 藩主의 중국 취미를 만족시키는 데 그친 것이 아니라 학문
적 소통과 정보의 수집을 원했던 것이다.

비록 미쓰쿠니와 고케이의 필담집은 확인할 수 없으나 구체적인 필
담의 모습을 볼 수 있는 자료가 남아있는데, 바로 『鮮桑筆語』이다.

> 텐나 2년(1682) 8월 21일 조선인이 내빙해 동도(에도)의 혼세이지
> 에 관소를 정하라는 명이 있었다. 8월 28일 水戶侯 源군이 사신을 보
> 내中村顧言씨와 道標가 함께 혼세이지에 갔다. 우리나라에서 살필 수 없는 초
> 목과 조수의 이름을 질문했다. 이때 쓰시마의 가신 고야마 도모카즈
> 가 인도해 함께 성학사, 정의관의 관소에 도착했다.[20]

耳"(김지남, 『東槎日錄』 8월 21일자)

19 秋山高知, 앞의 책, 273쪽.

20 "天和二年秋八月卄一日 朝鮮人來聘矣 有命館東都本誓寺 本月卄八日 水戶侯源君
遺使 中村顧言氏與道標同到本誓寺 質問本邦未審之草木鳥獸之名 時馬島之家臣小山
朝三氏 引使同到成學士鄭醫官之寓次"(『鮮桑筆語』, 일본공문서관 소장)

中村顧言은 나카무라 고케이를 가리킨다. 미쓰쿠니가 藩士를 보내 초목조수 등에 대해 질문하게 했다는 내용이 『桃源遺事』의 기록과도 일치한다. 고케이와 동행한 道標라는 인물은 이 필담집을 서술한 日下 道標인데, 누구인지 확인되지는 않으나 미쓰쿠니가 파견한 藩士인 것 만은 확실하다.

『鮮桑筆語』는 道標가 성완, 홍세태, 김지남, 정두준 등 조선인에게 동식물의 실물 혹은 그림을 보여주며 문답을 주고받은 것을 기록하고 있다. 羽蟲類·毛蟲類·海味類·草木類로 나뉘어져 있고 "阿彌陀經中 異讀"이 부록으로 있다. 대화의 내용을 살펴보면 동식물과 초목에 대한 일반적인 정보를 얻으려는 것이 아니라 조선 물산에 대한 관심임을 알 수 있다.

　　○ タイ
　　성학사 : "도미어(道尾魚)입니다."
　　顧言 : "도미어를 도미어(掉尾魚)라고도 합니까?"
　　성학사 : "우리나라에서 도미어를 한 글자로 쓰면 '도(魛)' 자를 씁니다. 도미어(掉味魚)라고 부르지는 않습니다."
　　道標 : "곡렵어와 같습니까, 다릅니까?"
　　성학사 : "귀국에서 도미어를 혹시 곡렵어라고 합니까?"
　　道標 : "곡렵어는 중국어입니다."[21]

---

21 "○ タイ 成曰 道味魚 顧言曰 道味魚 或稱掉尾魚乎 成曰 弊邦以道味魚單書 則書以 魛字 不名掉尾魚也 道標曰 曲鬣魚 是同是別 士曰 貴國道味魚 或稱曲鬣魚耶 我國之 所無 道標曰 曲鬣魚者 中原語也"(『鮮桑筆語』)

위 대화에서 보이듯 道標는 일본의 '夕イ'라는 물고기가 중국에서 '曲鬐魚'로 표기된다는 것은 이미 알고 있다. 이들이 확인하고 싶은 것은 조선에서의 표기였다. 우리말로 도미라고 부르기 때문에 성완은 '道味魚'라고 표기해 주었던 것이다. 그런데 고케이는 도미를 '掉尾魚' 라고도 표기하는지 묻는데, 그 원인은 함께 병기된 기록을 통해 확인할 수 있다.

> 앞서 조선인이 내빙했을 때 野間三竹씨가 鯛魚·那磨故 두 물건을 꺼내 보여주며 "이 두 가지는 상국에 있는 것입니다. 그 이름은 무엇입니까? 본초에 어떤 물고기입니까?"라고 하였다. 국헌 권칙이 "우리나라에 20여 년 전 허준이라는 사람이 『동의보감』 25권을 지었는데, 그 중 본초 3권이 있습니다. 충어부에 있는데 해삼이라고 합니다.(즉 일본에서 나는 那磨故이다). 鯛魚는 우리나라에서 도미(掉尾)라고 부릅니다만 상세한 것은 모르겠습니다."라고 하였다.[22]

'掉尾'의 기록이 1636년 이문학관 권칙이 노마 산치쿠[野間三竹, 1608 ~1676]의 대화에서 비롯되었음을 알 수 있다. 산치쿠는 막부 의관 노마 겐타쿠[野間玄琢, 1590~1645]의 아들로, 교토에서 권칙을 만났다. 그런데 막부 의관인 산치쿠와 水戶藩 藩士인 道標 일행은 시공간적으로 떨어져 있지만 지식의 교류가 있었다는 점이 눈에 뜨인다. 이미 수집

---

22 "先是朝鮮人來聘時 野間三竹氏 出鯛魚那磨故二物指示之曰 此二物在上國者 厥名如何 本草何魚乎 菊軒權伐答曰 吾邦二十餘年前 有許浚者 作東醫寶鑑二十五卷 其中有本草三卷 蟲魚部有之 名海蔘(卽日本所産那磨故也) 鯛魚者吾邦常稱掉尾 未知其詳"(『鮮桑筆語』)

된 정보는 일본 내에서 축적되어 공유하고 있었음을 짐작할 수 있다. 여기에서 조선인을 만난 일본문사의 관심이 본초와 동식물에까지 미치는 현상을 어떻게 해석해야 할까?

시라이 미쓰타로는 일본 박물학사를 크게 本草學時代, 應用博物學時代, 純正博物學時代로 구분하였는데, 에도막부 시기는 응용박물학 시대에 해당한다.[23] 자연물 연구 관련 학술이 크게 진작된 대표 예로 8대 쇼군 요시무네가 니와 쇼하쿠[丹羽正伯, 1691~1756]를 채약사로 등용하고, 『庶物類纂』의 續撰을 명한 일이 있다. 18세기에 약초를 넘어서 자연물 연구까지 확대되어 실물을 도보로 제작하고 영지에서 상호 교환하여 비교 채집하는 네트워크가 형성되었다.[24] 이렇게 학문을 장려한 배경에는 중국산 약재와 외국 물산을 국산화함으로써 금은의 해외 유출을 최소화하려는 경제적인 의도가 있는 한편, 당시 일본 大名들 사이에 유행한 박물학적 흥미도 큰 작용을 했던 것으로 보인다. 『庶物類纂』도 본래 加賀藩 번주 마에다 쓰나노리[前田綱紀, 1643~1724]가 제작해 막부에 헌상한 것이었다. 또, 에도시대 매사냥이 쇼군과 다이묘를 교외로 이끌어 박물학적 취미를 자극했고, 한편 새를 기르는 취미가 유행했으며, 이는 세밀한 조류도감 제작으로 이어졌다는 사실도 지적된 바 있다.[25]

주군의 흥미에 따라 박물학적 정보를 입수하는 역할을 맡은 사람들이 막부와 번의 유학자들이었다. 최초의 막부 유신인 하야시 라잔[林

---

23 白井光太郎, 『日本博物學年表』, 大岡山書店, 1934, 1~3쪽.
24 이중희, 『일본근대미술사』, 예경, 2010, 17쪽.
25 今橋利子, 『江戶の畵鳥図 博物學をめぐる文化とその表象』, スカイドア, 1999, 240쪽.

羅山, 1583~1657]이『本草綱目』을 입수해 막부에 헌상하였고, 1636년 김세렴(金世濂, 1593~1646)에게 『養鷹方』에 대해 질문하려 했다. 또한 일본 최초의 본격적인 박물지인『大和本草』의 저자는 福岡藩 소속의 주자학자 가이바라 에키켄[貝原益軒, 1630~1714]이었다. 이는 일본 유학자이 다루어야 하는 분야가 경전 해석을 넘어 훨씬 포괄적임을 의미한다.

『鮮桑筆語』의 내용을 보면 道標는 이미 중국과 조선의 서적을 통해 상당량의 동식물 지식을 축적한 상태였고, 이전 사행의 필담내용까지 조사해둔 상황임을 확인할 수 있다. 그리고 실제 키우고 있는 조류와 물고기를 가지고 왔을 뿐 아니라, 동식물의 도감을 준비해서 성완 일행을 만났다. 道標 일행의 방문은 치밀한 준비를 통해서 이루어진 것이었고, 개인적인 관심이 아니라 주군인 미쓰쿠니의 박물학적 취미를 위한 것이었다. 문화군주로 알려진 미쓰쿠니가 18세기 박물학 유행을 선도하고 있었던 것이다.

이러한 藩主의 박물학적 취미에 따른 학문 장려는 일본 사회에 유자층을 형성하는 밑거름이 되었고, 일본 학문의 진작을 이끌었다. 이는 조선 문인과의 필담에도 영향을 미쳤다. 창화시와 인사의 교환을 넘어 필담을 통해 정보의 교환이 일어나게 되면서, 필담이 다루는 내용도 다양해지게 되었던 것이다. 『鮮桑筆語』는 필담 주제가 확대되기 시작하는 1682년의 새로운 경향을 보여준다고 할 수 있다.

3) 학연의 형성에 따른 학문 교류층의 확대 : 柳川震澤의 등장

쓰시마 측에서 편집한 것으로 보이는 『壬戌信使和韓唱和集』[26]은 통

신사 여정의 순서에 따라 필담과 창화시가 실려 있다. 쓰시마에서 에
도까지, 다시 역순으로 거슬러 쓰시마로 돌아온다. 이때 연로에서 창
화한 사람들은 藩主의 명을 받들어 각 驛站으로 접대를 하기 위해 나온
藩 소속의 儒官들이었다. 이 가운데 에도에서의 필담창화가 가장 활발
하였다. 에도에는 각 번의 藩邸가 모여 있었고 각 번에 소속된 유관들
도 藩主를 따라 에도에 머무는 경우가 많았기 때문이다. 일례로 미쓰
쿠니의 彰考館도 실제로는 水戶가 아니라 미쓰쿠니가 주로 머문 에도
의 藩邸에 있었다.

에도 못지않게 필담창화가 활발했던 곳이 교토·오사카를 중심으로
한 간사이 지역이었다. 교토에는 전통적인 한문학 담당층이었던 五山
의 승려들이 있었다. 五山 출신의 以酊庵 장로가 통신사를 호행하였으
므로, 이들은 조선 문사를 만나기에 용이했다. 한편, 오사카는 통신사
육로 여정의 시발점이자 諸藩의 구라야시키[藏屋敷]가 설치되어 있는
막부의 藏入地였다. 따라서 각 번의 유관들이 머물며 통신사 행차를
기다리기 편한 점이 있었다.

승려들과 藩의 유관들이 대부분인 이 지역의 일본 문사 가운데 유독
긴 기록을 남긴 사람이 야나가와 신타쿠[柳川震澤, 1650~1690]이다. 교
토의 書肆에서 간행된 『和韓唱酬集』은 총 6권으로 이루어져 있다. 그
중 "二之一", "二之二", "三"에 신타쿠의 필담창화와 서한이 실려 있다.
이 필담창화집에는 40명의 일본 문사가 등장하지만, 이 책의 절반이
신타쿠의 기록으로 채워져 있다.

---

26 국사편찬위원회 종가문서에 소장되어 있다.

신타쿠는 『先哲叢談續編』에 전기가 실려 있을 정도로 근세 유학자로서 지명도가 있던 인물이긴 하나 번이나 막부에서 활약한 것은 아니었다. 그는 본래 몰락한 무사의 후예로 농사를 업으로 하는 집안에서 태어났다. 게다가 일찍 아버지를 여의어 숙부의 집에서 자랐는데, 震澤이라는 호는 그의 고향 近江에 琵琶湖가 있기 때문에 만든 것이다. 17세 때 교토로 유학하여 기노시타 준안[木下順庵, 1621~1699]의 學塾에서 공부를 했으며, 나중에는 스승을 대신해 강의를 하였다. 통신사가 방문했던 1682년에 木下順庵은 幕府의 유신이 되어 에도에 머물러 있었다. 이때도 신타쿠는 교토의 학숙에서 준안의 아들인 기노시타 기쿠탄[木下菊潭, 1667~1743]을 지도하고 있었다. 즉, 1682년 가장 긴 필담 창수 기록을 남긴 그가 실제로는 벼슬이 없이 私塾에서 경전을 강의하는 신분이었던 것이다.

신타쿠는 교토에 도착한 통신사 문사들을 만났고, 귀로에서도 만났다. 사행이 교토를 떠나기 전날 신타쿠는 홍세태에게 "저도 스승의 명이 있어서 내일 오시에 에도로 출발하니 잠시 헤어지더라도 다시 볼 기약이 있습니다."[27]라고 말하였다. 이에 따르면 신타쿠가 에도에 가게 된 이유는 스승의 명이 있었기 때문인데, 가쿠잔의 제자인 任公定이 차출된 이유와 비슷했을 것이라고 추정할 수 있다. 에도에서 그는 여러 일본 문인들과 함께 한 자리에서 조선의 문사들과 만나 몇 차례 필담창수를 나누었다. 통제가 심한 상황에서 거리에서 경전을 가르치는 신타쿠가 조선 문사와 만날 수 있었던 상황은 어떻게 이해해야 할까?

---

27 "僕亦有師命 明午赴東都 則雖暫分手 再晤有期"(『和韓唱酬集』二之一, 11장)

아라이 하쿠세키[新井白石, 1657~1725]의 경우에서 그 단서를 찾을 수 있다. 당시 浪人이었던 하쿠세키는 쓰시마의 藩士인 니시야마 쥰타이 [西山泰順, 1657~1688]를 통해 자신의 시집을 보내고, 또 직접 대면하여 서문을 받았다.[28] 이는 官禁이 엄하다 하더라도 중개자인 쓰시마 쪽의 허가를 받는다면 직접 대면도 가능했다는 의미이다.

그렇다면 신타쿠의 경우는 어떠했을까? 실제로 당시 막부나 번에서 활동하던 유자들은 대부분이 교토의 경학파에 뿌리를 두고 있었는데, 그 원류는 강항(姜沆, 1567~1618)과 교류로도 유명한 후지와라 세이카 [藤原惺窩, 1561~1619]였다. 그의 문하에서 가장 뛰어나다고 일컬어지는 네 명의 제자들의 면면을 보자. 우선 浪人 출신인 라잔은 스승의 추천으로 막부 최초의 유신이 되었으며, 후손이 대대로 세습하여 1682년에는 손자 하야시 호코[林鳳岡, 1645~1732]가 통신사를 접대했다. 姬路藩 부농의 아들이었던 나바 갓쇼[那派活所, 1595~1648]는 熊本藩을 거쳐 紀州藩의 유신이 되었다. 의원 출신인 호리 교안[堀杏庵, 1585~1643]은 廣島藩을 거쳐 尾張藩에서 유신으로 활약하였다. 또 다른 제자인 마쓰나가 샤쿠고[松永尺五, 1592~1657]는 번에 고용되지는 않았으나, 학문을 좋아했던 加賀藩 번주 등의 후원으로 교토에 사숙을 세우고 제자를 길렀다. 쥰안도 그 중 한 명인데, 처음 加賀藩에 고용되었던 것도 스승의 인연이 있었기 때문이었다. 즉, 교토와 에도 혹은 여타 번도 포함해서 지역적으로 떨어져 있다고는 하지만 결국은 같은 학문적 교유권 내에 있었으며, 이들의 학문 양성은 번주 혹은 막부의 후원 아래 이루

---

28 이원식, 앞의 책, 208쪽.

어지는 것이었다.[29] 이는 중개역을 담당했던 쓰시마의 기실들도 마찬
가지였다. 1682년 양국 문사의 교류를 중개했던 고야마 도모카즈[小山
朝三, ?~1684]는 원래 오사카 근처인 사카이[堺] 출신이었다. 교토 유학
을 거쳐 라잔의 아들인 하야시 가호[林鵞峰, 1618~1680]의 문하에 들어
갔으며, 스승의 추천으로 쓰시마 번에 고용된 것이었다.[30] 더구나 하
쿠세키를 소개한 쓰시마 번사 니시야마 준타이[西山泰順, 1657~1688]는
번주의 명에 따라 준안의 문하에 들어간 인물이었다. 따라서 신타쿠는
번에 소속되어 있지 않을 뿐 그 교유권 내에 속해 있었고, 하쿠세키보
다 더 쉽게 조선 문사를 만날 수 있는 위치에 있었던 것이다.

신타쿠의 등장은 주군의 명이 아니더라도 조선 문사에 접근할 수 있
는 유자계층이 생겨나기 시작했음을 알려주는 징조라고 할 수 있다.
한편으로는 藩主의 명을 수행해야만 하는 의무 없이 개인적인 흥미와
관심을 토대로 소통하는 경향이 나타나기 시작했음을 의미한다.

신타쿠는 성완에게 자신의 문장론을 역설하는데,[31] 그의 개인적인
관심이 문학에 있음을 확실하게 보여주는 것이었다. 그렇기 때문에
교토에서 처음 양의인 정두준을 만났을 때도, 신타쿠는 우선 여행 도
중 지은 시가 있는 지 묻는다. 그리고 이에 대한 답이 없자 자신의 병증
에 대해 길게 기술하면서 진료와 처방을 부탁한다. 실제 신타쿠는 어

---

29 이혜순은 1682년 교류에 대해 "각지의 문학을 담당하는 강호에서 소외된 뛰어난 학자
   를 포함하"였다고 하였으나(이혜순, 전게서, 94쪽) 실제로는 각 지역의 인물들은 교토에
   뿌리를 둔 경우가 많았고 에도 역시 교토의 학문이 옮겨간 곳이라고 보아야 맞을 것이다.
30 泉澄一, 「堺の儒學者・小山朝三について」, 『史泉』 54, 關西大學史學・地理學會,
   1980, 4~17쪽.
31 문장에 관한 논의는 이혜순의 연구(앞의 책, 100~106쪽)에서 이미 고찰된 바 있다.

릴 때부터 병약한 몸이었고, 또 이러한 지병 때문에 요절하게 되었다. 그에게는 유관들처럼 글자를 아는 조선인을 찾아 글씨를 받아야 하는 의무가 없었기 때문에 다른 사람을 찾거나 글자를 강요하는 대신 쉽게 개인적인 필요에 따라 화제를 변화시킬 수 있었다.

정두준 : 이곳에 우리나라 사람이 지은 『醫林撮要』가 있습니까?

신타쿠 : 그 이름은 들은 적이 있지만 책은 보지 못했습니다. 우리 나라에 있는 귀국의 책이 얼마나 되는지 모르겠습니다만 저도 황보밀처럼 책을 탐닉하는 버릇이 있어 주변에 두루 구하고 찾았으나 본 것이 매우 자잘합니다. 『醫林撮要』 같은 것은 우리 유자의 급선무가 아니니 물을 틈이 없을 뿐입니다.

정두준 : 공은 의업이 아닌데 어찌 대나무의 품종을 물으십니까?

신타쿠 : 진나라 대개지가 저술한 『竹譜』에는 모두 61종입니다. 그가 비록 의업에 전념한 사람은 아닙니다만 대나무에 이렇듯 급급했습니다. 후세 학자가 또 다시 그를 위해 다듬어서 대개지가 품별하지 못한 것을 발명하는 것이지, 하필 의사만이 대나무를 논하겠습니까? 이른바 "조수와 초목의 이름을 많이 안다"라는 것이 다 학자의 일입니다. 비록 그렇더라도 지금 물은 것 같은 것은 어떤 사람이 제게 부탁한 것이라 말씀드린 것이니 의아하게 생각하지 마십시오.[32]

---

32 "一問. 鄭 此處, 有我國人所撰醫林撮要否. 一答. 柳 嘗聞其名, 未見其書也. 凡貴國 書在弊邦者, 不知幾許, 而余亦有皇甫之癖, 旁求遍探, 閱之頗顆, 若撮要則非吾儒之 急務, 是以, 未遑尋問耳. 一問. 鄭 公非業醫, 何問竹品. 一答. 柳 晉戴凱之著竹譜, 凡六十一種, 彼雖非顓業醫者, 而於竹汲汲如是, 後世學者, 又復爲之潤色, 發戴氏之 所未品, 何必醫士獨論竹也哉. 所謂多識鳥獸草木之名, 皆學者之事也. 雖然若今所 問, 有人託僕, 而致意者也, 更莫訝焉."(『和韓唱酬集』二之一, 27쪽)

사행이 교토로 돌아왔을 때, 신타쿠는 다시 정두준을 만났다. 앞서 간단히 진료를 받았던 것과 달리 창포, 대나무와 같은 식물에 대해 자세히 물었다. 정두준은 약초에 대해 묻는 것으로 오인하고 위와 같이 의서의 이름을 거론한 것이다. 그러나 신타쿠의 입장은 매우 분명하였다. 자신은 유학자로 규정하고 있으며, 유학자의 학문으로서 초목에 대해 탐구하는 것이라고 말한다. 더구나 이는 개인적인 부탁에 따라 물은 것일 뿐, 굳이 묻지 않아도 크게 문제될 것은 없었다.

> 정두준 : … 치자에 이르면 당시 약용되던 것을 분별하지 못하겠습니까?『本草綱目』에 "노란 물을 들이는 치자는 약용에 들이지 못한다."라고 하였습니다. 산치자는 여섯 모가 나있되 작고, 염색에 쓰는 치자는 다섯 모가 나되 큽니다. 그러므로 우리나라에 치자가 있지만 모두 염색에 쓰는 치자라 약에 쓰지 않고 중화에서 구하여 씁니다.
> 신타쿠 : 호응린이 또 "치자는 꽃으로 노란 물을 들이고 산반은 잎으로 노란 물을 들인다."라고 하였으니 이것은 과연 무슨 설일까요? 아마 풍토가 멀리 떨어져 있으니 고금이 다른 것이 당연할 것입니다.[33]

위에 보이는 신타쿠의 모습은 水戶藩의 藩士들과 확연한 차이가 난다. 道標 일행은『本草綱目』정도의 책은 이미 섭렵한 상태에서 조선 물산에 대해서 자세히 물었다. 정확성을 기하기 위해 실물과 그림을 휴대하였

---

33 "…至於梔子, 則當時藥用者, 可不辨之哉. 本草曰, 染黃梔子, 不堪入藥用. 蓋山梔有六稜而小, 染色者五稜而大, 故我國有梔子, 而皆是染梔, 不入藥用, 求之於中華, 而用之矣. 一問, 柳 胡應麟又曰, 梔子染黃以花, 而山礬染黃以葉, 此果何說也. 蓋風土遠隔, 古今異宜耳."(『和韓唱酬集』二之一, 28쪽)

을 뿐 아니라, 부정확한 대답에 대해 검증한 내용도 필담창화집에 함께 기재한다. 그러나 신타쿠의 지식은 호응린의 책처럼 본인이 직접 본 책에 나와 있는 내용에 기반한다. 그의 관심에 따라 본초나 의서가 아니라 문학 관련 서적에 기대 의문을 표하는 것이다. 뚜렷한 목적이 있는 질의문답이 아니기 때문에 굳이 검증이 필요하지 않다. 이는 질문 자체가 자신의 개인적 관심에 따른 것이기 때문이다.

번이나 막부에 소속되어 있지 않으나 학연으로 인해 조선 문사를 접할 기회를 가진 민간유자의 등장은 양국 문사 교류가 앞으로 개인적 교류, 사적인 교류로 확대될 가능성을 보이는 것이라 할 수 있다. 또한 성완·홍세태 등 조선 쪽에서도 신분을 따지지 않고 문장 능력으로 상대를 평가하였기 때문에, 이후 일본 내 유자 예비층이 두터워짐에 따라 한문을 통한 양국교류의 담당층이 일반 유자까지 폭을 넓히게 될 가능성은 충분한 것이었다.

3. 맺음말

12차에 걸친 통신사행에서 실제 양국 문사의 교류가 활발해지기 시작한 것은 7차인 壬戌/天和 통신사에 이르러서였다. 이 시기 일본 내에 도입된 유학 혹은 한학이 정치적인 안정과 함께 정착되었고 이를 담당하는 유자층이 형성되면서, 한문을 매개로 한 문사 교류가 활성화되기 시작하였다. 양국 문사 교류는 다음과 같은 특징을 띠면서 교류 담당층이 확립되어 간다.

첫째, 일본 유력자들의 한문 문화에 대한 욕구가 양국 문사 교류의 시발점이 되었다. 따라서 번에 소속된 한문 가능한 유자들이 주군을 위해 시서화를 구하고자 조선 문사와 소통하려 했고, 조선쪽에서도 전담할 사행직을 설치하여 파견하면서 이에 부응하였다. 일본 쪽에서는 번과 막부에 속한 儒臣이, 조선쪽에서는 제술관·서기 등이 양국 교류 담당층의 기본 구성이 되었다.

둘째, 藩의 학문 장려에 따라 필담 주제가 확대되었다. 藩主의 관심에 따라 유학자는 유교 경전뿐 아니라 본초학을 비롯한 다양한 한문 서적을 섭렵해야 했고, 이는 일본 유자층이 조선이나 중국과 다른 성격을 띠게 하는 결정적인 원인이 되었다. 그러면서 水戶藩의 예에서 보이듯 良醫가 교류의 중요한 담당층으로 떠오르게 되었다.

셋째, 민간의 일반 유자가 학연을 매개로 교류에 참여할 가능성을 보였다. 일본 한문학의 발전에 따라 藩士 예비층이 생겨났고, 또 이들을 양성하는 민간 유자층이 두터워졌다. 이들은 지역적으로 넓게 분포되어 있으나 京學派를 중심으로 하는 학연을 형성하고 있었고, 이 학연을 통해 조선 문사와 만날 기회를 가질 수 있었다. 이는 앞으로 다양한 개인적 교류가 일어날 수 있음을 보여주는 징조였다.

이상과 같이 1682년 조선과 일본의 문사 교류는 양국 교류 담당층이 확립되었고 필담 주제와 소통에 있어서 확대될 가능성을 보여주었다고 할 수 있다.

조선후기 통신사 필담창화집
번역총서를 간행하면서

20세기 초까지 한자(漢字)는 동아시아 사회의 공동문자였다. 국경의 벽이 높아서 사신 외에는 국제적인 교류가 불가능했지만, 문자를 통한 교류는 활발했다. 중국에서 간행된 한문 전적이 이천년 동안 계속 한국과 일본을 비롯한 주변 나라에 전파되었으며, 사신의 수행원들은 상대방 나라의 말을 못해도 상대방 문인들에게 한시(漢詩)를 창화(唱和)하여 감정을 전달하거나 필담(筆談)을 하며 의사를 소통했다.

동아시아 삼국이 얽혀 싸웠던 임진왜란이 7년 만에 끝난 뒤, 조선에 군대를 파견하였던 중국과 일본은 각기 왕조와 정권이 바뀌었다. 중국에는 이민족인 청나라가 건국되고 일본에는 도쿠가와 막부가 세워졌다. 조선과 일본은 강화회담이 결실을 맺어 포로도 쇄환하고 장군이 계승할 때마다 통신사를 파견하여 외교를 회복했지만, 청나라와에도 막부는 끝내 외교를 회복하지 못하고 단절상태가 계속되었다. 일본은 조선을 통해서 대륙문화를 받아들일 수밖에 없었고, 그 방법 중 하나가 바로 통신사를 초청 때에 시인, 화가, 의원 등의 각 분야 전문가를 초청하는 것이었다.

오백 명 규모의 문화사절단 통신사

연암 박지원은 천재시인 이언진(李彦瑱, 1740~1766)이 11차 통신사 수행원으로 일본에 다녀온 지 2년 만에 세상을 뜨자, 이를 애석히 여겨 「우상전」을 지었다. 그 첫머리에 일본이 조선에 다양한 전문가들로 구성된 문화사절단을 파견해 달라고 요청한 사연이 실려 있다.

일본의 관백(關白)이 새로 정권을 잡자, 그는 저축을 늘리고 건물을 수리했으며, 선박을 손질하고 속국의 여러 섬들을 깎아서 자기 소유로 만들었다. 그 밖에도 기재(奇才)·검객(劍客)·궤기(詭技)·음교(淫巧)·서화(書畵)·문학 같은 여러 분야의 인물들을 서울로 모아들여 훈련시키고 계획을 갖추었다. 그런 지 몇 달 뒤에야 우리나라에 사신을 파견해 달라고 요청하였는데, 마치 상국(上國)의 조명(詔命)을 기다리는 것처럼 공손하였다.

그러자 우리 조정에서는 문신 가운데 3품 이하를 골라 뽑아서 삼사(三使)를 갖추어 보냈다. 이들을 수행하는 사람들도 모두 말 잘하고 많이 아는 자들이었다. 천문·지리·산수·점술·의술·관상·무력으로부터 통소 잘 부는 사람, 술 잘 마시는 사람, 장기나 바둑 잘 두는 사람, 말을 잘 타거나 활을 잘 쏘는 사람에 이르기까지, 한 가지 기술로 나라 안에서 이름난 사람들은 모두 함께 따라가게 되었다. 그런데 이들 가운데서도 문장과 서화를 가장 중요하게 여기지 않을 수가 없었다. 왜냐하면 그들은 조선 사람의 작품 가운데 한 글자만 얻어도 양식을 싸지 않고 천리 길을 갈 수 있기 때문이었다.

도쿠가와 이에하루(德川家治)가 쇼군을 계승하자 일본 각 분야의 대표적인 인물들을 에도로 불러들여 조선 사절단 맞을 준비를 시킨 뒤,

"마치 상국의 조서를 기다리는 것처럼 공손하게" 조선에 통신사를 요청하였다. 중국과 공식적인 외교가 단절되었으므로, 대륙문화를 받아들이기 위해 조선을 상국같이 모신 것이다. 사무라이 국가 일본에는 과거제도가 없기 때문에 한문학을 직업삼아 평생 파고든 지식인들이 적어서, 일본인들은 조선 문인의 문장과 서화를 보물같이 여겼다.

　조선에서도 국위를 선양하기 위해 여러 분야의 문화 전문가들을 선발하여 파견했는데, 『계림창화집(鷄林唱和集)』이 출판된 8차 통신사(1711년) 때에는 500명을 파견했다. 당시 쓰시마에서 에도까지 왕복하는 동안 일본인들이 숙소마다 찾아와 필담을 나누거나 한시를 주고받았는데, 필담집이나 창화집은 곧바로 출판되어 널리 읽혔다. 필담창화에 참여한 일본 지식인은 대륙의 새로운 지식을 얻었을 뿐만 아니라, 일본 사회에서 전문가로서의 위상도 획득하였다.

　8차 통신사 때에 출판된 필담 창화집은 현재 9종이 확인되었으며, 필담 창화에 참여한 일본 문인은 250여 명이나 된다. 이는 7차까지 출판된 필담 창화집을 모두 합한 것보다 훨씬 많은 수인데, 통신사 파견이 100년 가까이 되자 일본에서도 한문학 지식인 계층이 두터워졌음을 알 수 있다. 8차 통신사에 참여한 일행 가운데 2명은 기행문을 남겼는데, 부사 임수간(任守幹)이 기록한 『동사록(東槎錄)』이나 역관 김현문(金顯門)이 기록한 또 하나의 『동사록』이 조선에 돌아와 남에게 보여주기 위해 일방적으로 쓴 글이라면, 필담 창화집은 일본에서 조선과 일본의 지식인들이 마주앉아 함께 기록한 글이다. 그러기에 타인의 눈을 통해 자신의 모습을 객관적으로 볼 수 있다.

16권 16책의 방대한 분량으로 다양한 주제를 정리한 『계림창화집』

에도막부 초기의 일본 지식인은 주로 승려였기에, 당연히 승려들이 통신사를 접대하고, 필담에 참여하였다. 그 다음으로 유자(儒者)들이 있었는데, 로널드 토비는 이들을 조선의 유학자와 비교해 "일본의 유학자는 국가에 이용가치를 인정받은 일종의 전문 지식인에 지나지 않았다"고 규정하였다. 그 가운데 상당수는 의원이었으므로 흔히 유의(儒醫)라고 하는데, 한문으로 된 의서를 읽다보니 유학에도 관심을 가지게 된 것이다. 이노 작스이(稻生若水)가 물고기 한 마리를 가지고 제술관 이현과 서기 홍순연 일행을 찾아가서 필담을 나눈 기록이 『계림창화집』 권5에 실려 있다.

> 이　현 : 이 물고기는 우리나라의 송어입니다. 조령의 동남 지방에 많이 있어, 아주 귀하지는 않습니다.
> 홍순연 : 이 물고기는 우리나라의 농어와 매우 닮았습니다. 귀국에도 농어가 있는지 모르겠지만, 이것과 같지 않습니까? 농어가 아니라면 내가 아는 물고기가 아닙니다.
> 남성중 : 이 물고기는 우리나라 송어입니다. 연어와 성질이 같으나 몸집이 작으며, 우리나라 동해에서 납니다. 7-8월 사이에 바다에서 떼를 지어 강으로 올라가는데, 몸이 바위에 갈려 비늘이 다 떨어져 나가 죽기까지 하니 그 성질을 모르겠습니다.

그는 일본산 물고기의 습성을 자세히 설명하고 조선에도 있는지 물었지만, 조선 문인들은 이 방면의 전문가들이 아니어서 이름 정도나

추정했을 뿐이다. 홍순연은 농어라고 엉뚱하게 대답하기까지 하였다. 조선 문인이라면 모든 것을 알 수 있을 것이라고 기대했기에 생긴 결과인데, 아직 의학필담으로 분화되기 이전의 형태다. 이 필담 말미에 이노 작스이는 이런 기록을 덧붙여 마무리했다.

> 『동의보감』을 살펴보니 "송어는 성질이 태평하고 맛이 달며 독이 없다. 맛이 진기하고 살지다. 색은 붉으면서 선명하다. 소나무 마디 같아서 이름이 송어이다. 동북쪽 바다에서 난다"고 하였다. 지금 남성중의 대답에 『동의보감』의 설명을 참고하니, '鮏'은 송어와 같은 것이다. 그러나 '송어'라는 이름은 조선의 방언이지, 중화에서 부르는 이름이 아니다. 『팔민통지(八閩通志)』(줄임) 『해징현지(海澄縣志)』 등의 책에 모두 송어가 실려 있으나, 모습이 이것과 매우 다르다. 다른 종류인데, 이름이 같을 뿐이다.

기록에서 보듯, 이노 작스이는 다수의 의견에 따라 이 물고기를 '송어'라고 추정한 후, 비교적 자세한 남성중의 대답과 『동의보감』의 기록을 비교하여 '송어'로 결론 내렸다. 그런 뒤에 조선의 '송어'가 중국의 송어와 같은 것인지 확인하기 위해 중국의 여러 지방지를 조사한 후, '송어'는 정확한 명칭이 아니라 그저 조선의 방언인 것으로 결론지었다. 양의(良醫) 기두문(奇斗文)에게는 약초를 가지고 가서 필담을 시도하였다.

> 稻生若水 : 이 나뭇잎은 세 개의 뾰족한 끝이 있고 겨울에 시들지 않으며, 봄에 가느다란 꽃이 핍니다. 열매의 크기는 대두만하고, 모여서 둥글게 공처럼 되며, 생길 때는 파랗고, 익으면 자흑색이 됩니다. 나무

에 진액이 있어 엉기면 향이 나고, 색이 붉습니다. 이름은 선인장 나무
입니다. (줄임)

　기두문 : 이것이 진짜 백부자(白附子)입니다.

　제술관이나 서기들이 경험에 의존해 대답한 것과 달리, 기두문은
의원이었으므로 자신의 지식을 바탕으로 확실하게 대답하였다. 구지
현박사의 연구에 의하면 이노 작스이는『서물류찬(庶物類纂)』이라는
박물지를 편찬하기 위해 방대한 자료를 수집·고증하고 있었는데, 문
화 선진국 조선의 문인에게 서문을 부탁하여, 제술관 이현이 써 주었
다. 1,054권이나 되는 일본 최대의 백과사전에 조선 문인이 서문을 써
주어 권위를 얻게 된 것이다.

출판사 주인이 상업적인 출판을 위해 직접 필담에 참여하다

　초기의 필담 창화집은 일본의 시인, 유학자, 의원 등 전문 지식인이
번주(藩主)의 명령이나 자신의 정보욕, 명예욕에 따라 필담에 나선 결
과물이지만,『계림창화집』16권 16책은 출판사 주인이 직접 전국 각
지역에서 발생한 필담 창화 원고들을 수집하여 출판한 것이다. 따라
서 필담 창화 인원도 수십 명에 이르며, 많은 자본을 들여서 출판하였
다. 막부(幕府)의 어용 서적을 공급하던 게이분칸(奎文館) 주인 세오겐
베이(瀨尾源兵衛, 1691~1728)가 21세 청년의 몸으로 교토지역 필담에
참여해『계림창화집』권6을 편집하고, 다른 지역의 필담 창화 원고까
지 모두 수집해 16권 16책을 출판했을 뿐 아니라, 여기에 빠진 원고들

까지 수집해『칠가창화집(七家唱和集)』10권 10책을 출판하였다.

　『칠가창화집』은『계림창화속집』이라고도 불렸는데, 7차 사행 때의 최대 필담 창화집인『화한창수집(和韓唱酬集)』4권 7책의 갑절 규모에 해당한다. 규모가 이러하니 자본 또한 막대하게 소요되어, 고쇼모노도 코로(御書物所)인 이즈모지 이즈미노죠(出雲寺 和泉掾) 쇼하쿠도(松栢堂) 와 공동 투자하여 출판하였다. 게이분칸(奎文館)에서는 9차 사행 때에 도『상한창화훈지집(桑韓唱和塤箎集)』11권 11책을 출판하여, 세오겐베 이(瀬尾源兵衛)는 29세에 이미 대표적인 출판업자로 자리매김하게 되 었다. 그러나 안타깝게도 38세에 세상을 떠나, 더 이상의 거질 필담 창화집은 간행되지 못했다.

필담창화집 178책을 수집하여 원문을 입력하고 번역한 결과물

　나는 조선시대 한문학 연구가 조선 국경 안의 한문학만이 아니라 국경 너머 오가며 외국인들과 주고받은 한자 기록물까지 연구해야 한 다는 생각으로, 첫 번째 박사논문을 지도하면서 '통신사 필담창화집' 을 과제로 주었다. 구지현 선생은 1763년에 파견된 11차 통신사 구성 원들이 기록한 사행록 9종과 필담창화집 30종을 수집하여 분석했는 데, 박사학위를 받은 뒤에도 필담창화집을 계속 수집하여 2008년 한국 학술진흥재단의 토대연구에『조선후기 통신사 필담창수집의 수집, 번 역 및 데이터베이스 구축』이라는 과제를 신청하였다. 이 과제를 진행 하면서 우리 팀에서 수집한 필담창화집 178책의 목록과, 우리가 예상

한 작업진도 및 번역 분량은 다음과 같다.

1) 1차년도(2008. 7.~2009. 6.) : 1607년(1차 사행)에서 1711년(8차 사행)까지

연번	필담창화집 책 제목	면 수	1면 당 행수	1행 당 글자 수	예상되는 원문 글자 수
001	朝鮮筆談集	44	8	15	5,280
002	朝鮮三官使酬和	24	23	9	4,968
003	和韓唱酬集首	74	10	14	10,360
004	和韓唱酬集一	152	10	14	21,280
005	和韓唱酬集二	130	10	14	18,200
006	和韓唱酬集三	90	10	14	12,600
007	和韓唱酬集四	53	10	14	7,420
008	和韓唱酬集(결본)				
009	韓使手口錄	94	10	21	19,740
010	朝鮮人筆談幷贈答詩(國圖本)	24	10	19	4,560
011	朝鮮人筆談幷贈答詩(東京都立本)	78	10	18	14,040
012	任處士筆語	55	10	19	10,450
013	水戶公朝鮮人贈答集	65	9	20	11,700
014	西山遺事附朝鮮使書簡	48	9	16	6,912
015	木下順菴稿	59	7	10	4,130
016	鷄林唱和集1	96	9	18	15,552
017	鷄林唱和集2	102	9	18	16,524
018	鷄林唱和集3	128	9	18	20,736
019	鷄林唱和集4	122	9	18	19,764
020	鷄林唱和集5	110	9	18	17,820
021	鷄林唱和集6	115	9	18	18,630
022	鷄林唱和集7	104	9	18	16,848
023	鷄林唱和集8	129	9	18	20,898
024	觀樂筆談	49	9	16	7,056
025	廣陵問槎錄上	72	7	20	10,080
026	廣陵問槎錄下	64	7	19	8,512
027	問槎二種上	84	7	19	11,172

028	問槎二種中	50	7	19	6,650
029	問槎二種下	73	7	19	9,709
030	尾陽倡和錄	50	8	14	5,600
031	槎客通筒集	140	10	17	23,800
032	桑韓醫談	88	9	18	14,256
033	辛卯唱酬詩	26	7	11	2,002
034	辛卯韓客贈答	118	8	16	15,104
035	辛卯和韓唱酬	70	10	20	14,000
036	兩東唱和錄上	56	10	20	11,200
037	兩東唱和錄下	60	10	20	12,000
038	兩東唱和後錄	42	10	20	8,400
039	正德韓槎諭禮	16	10	18	2,880
040	朝鮮客館詩文稿(내용 중복)	0	0	0	0
041	坐間筆語附江關筆談	44	10	20	8,800
042	七家唱和集－班荊集	74	9	18	11,988
043	七家唱和集－正德和韓集	89	9	18	14,418
044	七家唱和集－支機閒談	74	9	18	11,988
045	七家唱和集－朝鮮客館詩文稿	48	9	18	7,776
046	七家唱和集－桑韓唱酬集	20	9	18	3,240
047	七家唱和集－桑韓唱和集	54	9	18	8,748
048	七家唱和集－客館縞綻集	83	9	18	13,446
049	韓客贈答別集	222	9	19	37,962
예상 총 글자수					589,839
1차년도 예상 번역 매수 (200자원고지)					약 8,900매

2) 2차년도(2009. 7.～2010. 6.) : 1719년(9차 사행)에서 1748년(10차 사행)까지

연번	필담창화집 책 제목	면수	1면 당 행수	1행 당 글자 수	예상되는 원문 글자 수
050	客館璀璨集	50	9	18	8,100
051	蓬島遺珠	54	9	18	8,748
052	三林韓客唱和集	140	9	19	23,940
053	桑韓星槎餘響	47	9	18	7,614

054	桑韓星槎答響	106	9	18	17,172
055	桑韓唱酬集1권	43	9	20	7,740
056	桑韓唱酬集2권	38	9	20	6,840
057	桑韓唱酬集3권	46	9	20	8,280
058	桑韓唱和塤篪集1권	42	10	20	8,400
059	桑韓唱和塤篪集2권	62	10	20	12,400
060	桑韓唱和塤篪集3권	49	10	20	9,800
061	桑韓唱和塤篪集4권	42	10	20	8,400
062	桑韓唱和塤篪集5권	52	10	20	10,400
063	桑韓唱和塤篪集6권	83	10	20	16,600
064	桑韓唱和塤篪集7권	66	10	20	13,200
065	桑韓唱和塤篪集8권	52	10	20	10,400
066	桑韓唱和塤篪集9권	63	10	20	12,600
067	桑韓唱和塤篪集10권	56	10	20	11,200
068	桑韓唱和塤篪集11권	35	10	20	7,000
069	信陽山人韓館倡和稿	40	9	19	6,840
070	兩關唱和集1권	44	9	20	7,920
071	兩關唱和集2권	56	9	20	10,080
072	朝鮮人對詩集1권	160	8	19	24,320
073	朝鮮人對詩集2권	186	8	19	28,272
074	韓客唱和/浪華唱和合章	86	6	12	6,192
075	和韓唱和	100	9	20	18,000
076	來庭集	77	10	20	15,400
077	對麗筆語	34	10	20	6,800
078	鳴海驛唱和	96	7	18	12,096
079	蓬左賓館集	14	10	18	2,520
080	蓬左賓館唱和	10	10	18	1,800
081	桑韓醫問答	84	9	17	12,852
082	桑韓鏘鏗錄1권	40	10	20	8,000
083	桑韓鏘鏗錄2권	43	10	20	8,600
084	桑韓鏘鏗錄3권	36	10	20	7,200
085	桑韓萍梗錄	30	8	17	4,080
086	善隣風雅1권	80	10	20	16,000
087	善隣風雅2권	74	10	20	14,800
088	善隣風雅後篇1권	80	9	20	14,400

089	善隣風雅後篇2권	74	9	20	13,320
090	星軺餘轟	42	9	16	6,048
091	兩東筆語1권	70	9	20	12,600
092	兩東筆語2권	51	9	20	9,180
093	兩東筆語3권	49	9	20	8,820
094	延享五年韓人唱和集1권	10	10	18	1,800
095	延享五年韓人唱和集2권	10	10	18	1,800
096	延享五年韓人唱和集3권	22	10	18	3,960
097	延享韓使唱和	46	8	14	5,152
098	牛窓錄	22	10	21	4,620
099	林家韓館贈答1권	38	10	20	7,600
100	林家韓館贈答2권	32	10	20	6,400
101	長門戊辰問槎상권	50	10	20	10,000
102	長門戊辰問槎중권	51	10	20	10,200
103	長門戊辰問槎하권	20	10	20	4,000
104	丁卯酬和集	50	20	30	30,000
105	朝鮮筆談(元丈)	127	10	18	22,860
106	朝鮮筆談1권(河村春恒)	44	12	20	10,560
107	朝鮮筆談1권(河村春恒)	49	12	20	11,760
108	韓客對話贈答	44	10	16	7,040
109	韓客筆譚	91	8	18	13,104
110	韓人唱和詩	16	14	21	4,704
111	韓人唱和詩集1권	14	7	18	1,764
112	韓人唱和詩集1권	12	7	18	1,512
113	和韓文會	86	9	20	15,480
114	和韓唱和錄1권	68	9	20	12,240
115	和韓唱和錄2권	52	9	20	9,360
116	和韓唱和附錄	80	9	20	14,400
117	和韓筆談薰風編1권	78	9	20	14,040
118	和韓筆談薰風編2권	52	9	20	9,360
119	鴻臚傾蓋集	28	9	20	5,040
예상 총 글자수					723,730
2차년도 예상 번역 매수 (200자원고지)					약 10,850매

3) 3차년도(2010. 7.~ 2011. 6.) : 1763년(11차 사행)에서 1811년(12차 사행)까지

연번	필담창화집 책 제목	면수	1면당 행수	1행당 글자수	예상되는 원문 글자수
120	歌芝照乘	26	10	20	5,200
121	甲申槎客萍水集	210	9	18	34,020
122	甲申接槎錄	56	9	14	7,056
123	甲申韓人唱和歸國1권	72	8	20	11,520
124	甲申韓人唱和歸國2권	47	8	20	7,520
125	客館唱和	58	10	18	10,440
126	鷄壇嚶鳴 간본 부분	62	10	20	12,400
127	鷄壇嚶鳴 필사부분	82	8	16	10,496
128	奇事風聞	12	10	18	2,160
129	南宮先生講餘獨覽	50	9	20	9,000
130	東渡筆談	80	10	20	16,000
131	東槎餘談	104	10	21	21,840
132	東游篇	102	10	20	20,400
133	問槎餘響1권	60	9	20	10,800
134	問槎餘響2권	46	9	20	8,280
135	問佩集	54	9	20	9,720
136	賓館唱和集	42	7	13	3,822
137	三世唱和	23	15	17	5,865
138	桑韓筆語	78	11	22	18,876
139	松菴筆語	50	11	24	13,200
140	殊服同調集	62	10	20	12,400
141	快快餘響	136	8	22	23,936
142	兩東鬪語乾	59	10	20	11,800
143	兩東鬪語坤	121	10	20	24,200
144	兩好餘話상권	62	9	22	12,276
145	兩好餘話하권	50	9	22	9,900
146	倭韓醫談(刊本)	96	9	16	13,824
147	倭韓醫談(寫本)	63	12	20	15,120
148	栗齋探勝草1권	48	9	17	7,344
149	栗齋探勝草2권	50	9	17	7,650
150	長門癸甲問槎1권	66	11	22	15,972

151	長門癸甲問槎2권	62	11	22	15,004
152	長門癸甲問槎3권	80	11	22	19,360
153	長門癸甲問槎4권	54	11	22	13,068
154	萍遇錄	68	12	17	13,872
155	品川一燈	41	10	20	8,200
156	表海英華	54	10	20	10,800
157	河梁雅契	38	10	20	7,600
158	和韓醫談	60	10	20	12,000
159	韓客人相筆話	80	10	20	16,000
160	韓館應酬錄	45	10	20	9,000
161	韓館唱和1권	92	8	14	10,304
162	韓館唱和2권	78	8	14	8,736
163	韓館唱和3권	67	8	14	7,504
164	韓館唱和續集1권	180	8	14	20,160
165	韓館唱和續集2권	182	8	14	20,384
166	韓館唱和續集3권	110	8	14	12,320
167	韓館唱和別集	56	8	14	6,272
168	鴻臚摭華	112	10	12	13,440
169	鷄林情盟	63	10	20	12,600
170	對禮餘藻	90	10	20	18,000
171	對禮餘藻(明遠館叢書 57)	123	10	20	24,600
172	對禮餘藻(明遠館叢書 58)	132	10	20	26,400
173	三劉先生詩文	58	10	20	11,600
174	辛未和韓唱酬錄	80	13	19	19,760
175	接鮮瘖語(寫本)1	102	10	20	20,400
176	接鮮瘖語(寫本)2	110	11	21	25,410
177	精里筆談	17	10	20	3,400
178	中興五侯詠	42	9	20	7,560
예상 총 글자수					786,791
3차년도 예상 번역 매수 (200자원고지)					약 11,800매

1차년도에는 하우봉(전북대) 교수와 유경미(일본 나가사키국립대학) 교수를 공동연구원으로 하여 고운기, 구지현, 김형태, 허은주, 김용흠 박

사가 전임연구원으로 번역에 참여하였다. 3년 동안 기태완, 이지양, 진영미, 김유경, 김정신, 강지희 박사가 연구원으로 교체되어, 결국 35,000매나 되는 번역원고를 마무리하였다.

일본식 한문이 중국식 한문과 달라서 특히 인명이나 지명 번역이 힘들었는데, 번역문에서는 독자들이 읽기 쉽도록 한국식 한자음으로 표기하고, 첫 번째 각주에서만 일본식 한자음을 표기하였다. 원문을 표점 입력하는 방법은 고전번역원에서 채택한 방법을 권장했지만, 번역자마다 한문을 교육받고 번역해온 과정이 다르기 때문에 재량을 인정하였다. 원본 상태를 확인하려는 연구자를 위해 영인본을 뒤에 편집하였는데, 모두 국내외 소장처의 사용 승인을 받았다.

원문과 번역문을 합하여 200자원고지 5만 매 분량의 『조선후기 통신사 필담창화집 번역총서』를 12,000면의 이미지와 함께 편집하고 4차에 나누어 10책씩 출판하는 과정이 복잡하고 힘들었기에, 연세대학교 정갑영 총장에게 편집비 지원을 신청하였다. 『조선후기 통신사 필담창수집 번역본 30권 편집』 정책연구비(2012-1-0332)를 지원해주신 정갑영 총장에게 감사드린다.

『조선후기 통신사 필담창화집 번역총서』를 편집하는 과정에 문화재청으로부터 『통신사기록 조사 및 번역, 데이터베이스 구축』 연구용역을 발주받게 되어, 필담창화집을 비롯한 통신사 관련 기록을 세계기록유산으로 등재하는 작업에 참여하게 된 것도 기쁜 일이다. 통신사 관련 기록들이 모두 데이터베이스로 구축되어 국내외 학자들이 한일문화교류, 나아가서는 동아시아문화교류 연구에 손쉽게 참여하게 된다면 『통신사 필담창화집 번역총서』의 사명을 다하는 것이라고 생각한다.

조선후기 통신사가 동아시아 문화교류 연구에 중요한 이유는 임진
왜란 이후에 중국(청나라)과 일본의 단절된 외교를 통신사가 간접적으
로 이어주었기 때문이다. 통신사 필담창화집 번역총서 60권 출판이 마
무리되면 조선후기에 한국(조선)과 중국(청나라) 지식인들이 주고받은
척독집 40여 권도 데이터베이스로 구축하여, 일본에서 조선을 거쳐 청
나라로 이어지는 '동아시아 문화교류의 길' 데이터베이스를 국내외 학
자들에게 제공하고자 한다.

▌구지현(具智賢)

1970년 천안 눈돌 출생.
연세대학교 국문과를 졸업한 후 동대학원에서 석박사를 취득하였고, 한국고전번역원에서 한문
을 공부하였으며, 일본 게이오대학 방문연구원(일한문화교류기금 펠로우십)을 거쳤다.
현재 연세대학교 국학연구원 학술연구교수.
주요논저로는『1763년 계미통신사 사행문학연구』(보고사), 『통신사 필담창화집의 세계』등이
있다.

조선후기 통신사 필담창화집 번역총서 2
和韓唱酬集 首

2013년 7월 26일 초판 1쇄 펴냄

역 자 구지현
발행인 김흥국
발행처 도서출판 보고사

등록 1990년 12월 13일 제6-0429호
주소 서울특별시 성북구 보문동7가 11번지 2층
전화 922-5120~1(편집), 922-2246(영업)
팩스 922-6990
메일 kanapub3@naver.com
http://www.bogosabooks.co.kr

ISBN 979-11-5516-057-2 94810
      979-11-5516-055-8 (세트)
ⓒ 구지현, 2013

정가 16,000원

이 도서의 국립중앙도서관 출판시도서목록(CIP)은 서지정보유통지원시스템 홈페이지
(http://seoji.nl.go.kr)와 국가자료공동목록시스템(http://www.nl.go.kr/kolisnet)에
서 이용하실 수 있습니다. (CIP제어번호: CIP2013012707)